KB210924

어머니,
우리 어머니

어머니,

우리 어머니

이순자 지음

라이프북스

어머니께 드리는 선물

요즈음 내가 제일 많은 시간을 보내는 일이 집 안 정리이다. 내가 이 세상을 떠나고 난 후 아이들에게 깔끔하게 살다 간 어머니의 자취를 남기고 싶은 생각이 들기 시작한 것이다. 어느덧 그런 나이가 되었다. 정리를 하면서 알게 된 것이지만 정리 중 가장 시간이 많이 걸리면서 효과는 별로 나지 않는 것이 사진 정리와 컴퓨터 파일 정리였다. 물건은 갖고 싶어 하는 사람에게 주거나 버리면 된다. 비우고 나면 빈자리가 생겨 티가 나고 기분도 홀가분해진다. 그런데 사진과 컴퓨터 파일은 시작만 하면 시간은 끝도 없이 가고 분명 비웠는데도 시각적으로 정리한 흔적은 없다.

컴퓨터 안에 오랜 세월 쌓인 파일이 어찌나 많은지 제목만 보면 내용이 무엇이었는지 알 수 없었다. 분명 내가 썼던 글이었을 텐데 말이다. 파일을 하나하나 열어 읽으려니 시간이 많이 걸렸다. 때론 내가 이런 걸 썼나, 하는 생각이 드는 낯선 글도 있었고 다시 읽어도 재미있어서 지우기 아까운 것들도 있었다. 미련 없이 그냥 지우는 게 쉽지 않았다. 파일을 그대로 두고 컴퓨터를 종료하는 일이 반복되었다. 여기 실린 글도 그중 하나이다.

이 책 원고의 대부분은 20여 년 전에 어머니가 돌아가신 후 얼마 되지 않아 썼던 것들이다. 어머니에 대한 기억이 남아 있을 때 생각이 흘러가는 대로 쓴 글들이다. 형제들과 어머니를 기억하는 친지나 일가들에게 글을 공유해서 돌려 읽었는데 여러 사람들이 작은 책으로 만들어 나누어 갖자고 했다. 그때는 내가 일을 벌이기가 싫어 원고를 묻어 두고 말았다. 그런데 이번에 컴퓨터 파일을 정리하면서 다시 읽어 보니 버리기가 아깝다는 생각이 들었다. 20여 년 전 어머니를 향한 내 마음이

고스란히 담긴 글을 잘 간직하고 싶었다.

가까운 친구인 신숙원 교수(서강대 영문과)에게 보여 주었더니 신 교수가 내 등을 밀며 출판하자면서 소설가 강진 선생님과 출판사 대표 김은중 씨를 연결해 주었다. 강진 선생님은 원고를 꼼꼼히 검토하고 더 읽기 좋게 편집을 해 주셨고 출판사는 예쁜 책으로 엮어 주셨다. 세 분의 덕으로 이 책이 세상에 태어난 것이다. 새삼스럽게 세 분께 감사의 마음을 전한다.

책은 크게 세 부분으로 구성되어 있다.

1장과 2장은 20년 전에 쓴 원고이고 마지막 편은 이번에 써서 보충한 것이다. 1장은 어머니의 양평에서의 노년생활과 우리들과 작별하시고 떠나신 날의 기록이다. 2장은 어머니의 젊은 날 이야기이다. 우리나라 역사에서 가장 어렵던 시대에 고등교육을 받은 '신여성'으로 가정과 직업을 양립하면서 겪은 고충의 기록이다.

3장은 나와 어머니와의 관계에 대한 글이다. 마음에 새긴 어머니의 모습은 자식들마다 다 다를 것이다. 6남매 중 맏딸인 내가 동생들도 잘 모를 것 같은 나와 어머니의 관계를 얘기하고 싶어서 덧붙여 보았다.

우리 어머니의 얘기가 우리 세대에게는 어린 시절의 추억을 살려 내고 젊은 세대에게는 한창 어려웠던 20세기 초반의 여성사에 대해 알게 되는 계기가 되기 바란다.

어머니에 대한 그리움을 담아 책을 엮으니 어머니께 선물을 드리는 것 같아 기쁘다.

2025년 5월

이순자

|
우리 안에 계신 우리 어머니

II
신여성, 우리 어머니

Ⅲ
나와 우리 어머니

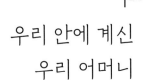

우리 안에 계신
우리 어머니

"…이제 어머니의 육신은 더 이상 우리 곁에 계시지 않습니다. 그러나 우리 형제들 각자의 마음속에서, 또 생전에 어머니와 가까이 지내시던 분들의 기억 속에서, 어머니는 새로운 존재로 살아 계실 것입니다. 어머니의 모습을 각자가 자기 나름대로 정성스럽게, 아름답게 만들어서 모실 수 있다면 어머니와 우리들의 좋은 인연이 새롭게 이어짐을 확인하게 될 거라고 생각합니다."

우리의 마음속으로
들어오신 어머니

 "…이제 어머니의 육신은 더 이상 우리 곁에 계시지 않습니다. 그러나 우리 형제들 각자의 마음속에서, 또 생전에 어머니와 가까이 지내시던 분들의 기억 속에서, 어머니는 새로운 존재로 살아 계실 것입니다. 어머니의 모습을 각자가 자기 나름대로 정성스럽게, 아름답게 만들어서 모실 수 있다면 어머니와 우리들의 좋은 인연이 새롭게 이어짐을 확인하게 될 거라고 생각합니다."

 어머니 서경남(徐敬男, 1911~2003)의 유골을 안장하면서 일생 어머니를 모시고 살았던 나의 남동생이자 어머니의 막내아들 성규(李成珪, 서울대 동양사학과 교수)가 비장한 목소리로 말했다. 그 순간 어머니의 존재가 나의 한 부분으로 내 안에 계심을 실감했다. 어머니의 육신을 통해 우리 6남매가 이 세상에 나왔다면 이제는 어머니가 우리의 마음속으로 들어오신 것이다. 어머니는 93세의 천수를 누리시고 그렇게 떠나셨다. 쌀쌀했지만 쾌청한 날이었다. 10월의 하늘은 더없이 높고 아름다웠다.

어머니의 마지막 형체는 작은 유골함에 담겨 우리 앞에 놓여 있었다. 양평 선영에 있는 공동봉분의 한 부분을 파서 두 아들이 정성스럽게 골분을 흙 속으로 부어 넣었다. 어머니의 육신이 자연으로 환원되는 순간을 우리는 가까이에서 지켜보았다.

'아, 어찌 저렇게도 정결할 수 있을까.'

아주 깨끗한 연회색의 고운 가루를 보면서 나는 정갈하게 빨아서 정성스럽게 손질해 놓은 스님의 가사를 떠올렸다. 진솔이 아니라 오래 입어서 색이 바래고 결이 낡아 부드러워진 가사.

지난 몇 년 동안 가끔 어머니를 씻겨 드리곤 했다. 하루가 다르게 쇠해 가는 어머니의 육신을 볼 때마다 안타깝고 안쓰러웠다. 돌아가실 날이 가까웠을 무렵, 어머니의 피부는 낡고 헐렁한 옷 같았다. 살이 없어서 살갗과 뼈가 겉돌았다. 수건으로 물기를 닦는 것조차 겁이 났다.

'그 좋던 살집, 매끄럽던 피부는 다 어디로 갔나.'

마음이 언짢고, 가슴이 꽉 막혀서 말이 안 나왔다.

"아, 시원하다. 수고했네. 얘, 이제는 내 피부가 꼭 누더기 옷 같구나. 어서 훌훌 벗어던져야 할 텐데."

내 속을 훤히 들여다보신 눈치 빠른 노인은 이가 하나도 없는 잇몸을 내보이며 미안한 듯이 웃으셨다. 이가 없어서 그런지 애기같이 천진스러운 모습이기는 했지만 예쁘다는 생각이 하나도 들지 않아 더 슬펐다.

이제 어머니는 누더기 옷을 벗어서 깨끗이 손질해 개켜 놓으시고 가뿐히 이 세상을 떠나셨다. 무겁고 아픈 육신의 멍에를 벗어던지고 어머니의 영혼은 무한한 자유를 얻으신 것이다. 그리고 우리들의 마음속으로, 나의 마음속으로 들어오셨다.

똑똑한 노인,
우리 어머니

우리는 생로병사의 엄연한 순리를 머리로는 받아들인다. 그러나 우리들 대부분은 늙고 병들고 죽는 것을 자신과는 무관한 일처럼 생각하고 될 수 있으면 삶을 조금이라도 연장해 보려고 몸부림친다. 생활수준이 높아지고 의학이 발달할수록 불로장수의 꿈이 실현될 것 같은 착각에 빠지기도 한다.

대부분의 70대 노인들은 '글쎄, 앞으로 10년 정도야 문제없겠지.'라고 말한다. 60대였을 때도 이와 비슷한 얘기를 했을 것이다. 어쩌면 80대가 되어서도 비슷한 말을 하지 않을까. 노인들에게 '앞으로 10년'은 특별히 의사로부터 시한부 선고를 받지 않는 한 자신이 보장하는 '마술의 기간'이다. 어머니의 노년생활도 예외가 아니었다.

어머니는 거의 한 세기의 사회변화를 몸으로 부딪히며 사셨다. '최초의 일본유학파', '신여성', '엘리트 교육자'라는 틀에 갇혀 평생을 사회규범에 어긋남이 없이 살아야 했다. 어머니의 삶은 노년이 되서야 오히려 자유로우셨던 것 같다.

타고난 건강 덕분에 80대까지도 부지런하게 몸을 움직이시며 안 다니신 데가 없이 잘 다니셨다. 자식들 일은 물론 주변의 대소사에 참견도 많으셨고, 왕성한 호기심에 알고 싶은 것도 많으셨다. 신문은 일면부터 끝까지 빼놓지 않고 읽으셨다. 정치면이나 경제면, 사회면은 물론이고 스포츠면, 연예면, 광고까지. 자식들은 어머니가 집에서 좋아하는 꽃이나 돌보시고 기도나 하시면서 소일하시기를 원했다. 노인이 세상일에 시비를 가리고 정치문제, 사회문제에 일일이 비분강개하시는 것도 싫었기 때문에 우리가 어쩌다 그런 말이라도 비치면, "애, 내가 10년 후에는 너희가 이러라고 빌어도 못 할 거다. 너희들 귀찮게 하지 않고 나 하고 싶은 대로 하고 사는데 왜 야단이냐." 하셨다.

그 후로 자식들은 어머니가 나다니시는 것, 어머니의 끝도 없는 호기심, 불같은 사회정의감에 대해 말하지 않는 것이 묵계가 되었다. '그래, 여건만 된다면 사람이 한평생 중 어느 기간이나마 자유롭게 자기 하고 싶은 대로 하며 살 수 있으면 다행이지. 당신 발로, 당신 알아서 다니시는데.' 딸들이 가끔 싫은 소리를 해서 시끄러웠지만 우리 형제들은 그냥 두 손을 드는 수밖에 없었다. 용돈이나 부족하지 않게 드리고 옷이나 말끔하게 챙겨 드리는 것 외에는 할 일이 없기는 했다.

똑똑하고 건강한 노모를 두었다는 게 큰 축복이었다는 것을 돌아가시고 난 후에 새삼스럽게 깨닫는다. 실제로도 우리는 이런 어머니로부터 도움을 많이 받았다. 우리 형제들은 시내 지하철을 타려면 제일 먼저 어머니에게 전화를 걸었다. 어머니 머릿속에는 늘 최신 지하철 노선지도와 환승역 정보가 들어 있었다.

"너의 집에서 거길 가려면 몇 호선을 타고 가다가 몇 호선으로 갈아타야 하는데 환승역이 두 개 있어. 하나는 내려서 선을 바꾸려면 많이 걸어야 하니까 틀렸고, 다른 하나는 그 자리에서 그냥 바꿔 탈 수 있으니까 꼭 그 역에서 환승을 해야 한다."

지하철의 어느 안내정보시스템이 이런 배려까지 해 준단 말인가.

또 그 시절에는 구청까지 가서 떼어야 하는 증명서가 많았는데, 어머니는 심부름을 늘 자청하셨다. 항상 바쁘고 시간 없는 자식들에게 도움이 되는 게 어머니의 첫 번째 즐거움이었다. 경로창구는 마다하고 직접 글씨를 써서 서류를 내미셨는데, 창구직원이 서류에 적힌 달필을 보고 놀라는 일도 많았다. 어머니는 그런 재미를 즐기셨다.

"애, 오늘도 말이다, 젊은 직원이 경로창구로 가라고 하길래, 내가 쓴 서류를 내미니까 깜짝 놀라지 않겠니? '와, 할머니 달필이시네요.' 그러더라. '내가 옛날에 자네 어머니들을 가르친 선생이었다네.' 하니 태도가 싹 달라지더라니까. 기다리지도 않게 금세 해 주고 문까지 배웅을 나오더라."

떼 오신 서류를 흔들며 자랑스럽게 웃으시는 어머니는 참으로 귀여운 노인이었다. 타고난 건강도 건강이지만 강한 의지력으로 섭생을 잘하시는 것이 건강하게 생활하시는 데 도움이 되었던 것 같다.

"다 너희들 편하라고 내 몸 내가 챙기는 거지."

옳은 말씀이었다. 하지만 밥상 앞에 앉기만 하면 뭐는 어디에 좋고, 뭐하고 뭐는 같이 먹으면 안 되고(또는 좋고) 하시면서 따지고 골라드실 때는 너무 까다로운 노인네라는 생각도 들었다. 또 TV 요리 프로그램을 보시고 이거 해라, 저거 해라, 하실 때는 평생 어머니 모시며 60줄을 바라보는 막냇동생과 올케에게 민망스러웠다.

"속이 나쁘면 좋아질 때까지 굶으면서 속 달래면 되고, 감기 기운 있으면 비타민C랑 물 많이 마시고 푹 쉬면 되는 거지 뭐. 병원에 가서 바쁜 의사 괴롭힐 일 있냐?"

어머니는 몸이 약해서 병이 나는 사람들을 다 자기 절제도 못 하는 의지 박약자로 보았다. 정신 똑바로 차리고 절제하며 살면 병의 90퍼센트는 피할 수 있다고 확신하셨다. 그런 신념 때문에 자식도 아프면 가엾고 안쓰럽게 여기시는 게 아니라 의지가 박약해서 자기 절제를 잘 못하는 사람으로 보고 못마 땅해 하셨다.

누가 육체의 쇠락을
막을 수 있으랴

　창창하시던 어머니도 90세가 다 되시니 기운이 빠지는 것이
눈에 띄었다. 속절없는 노릇이었다. 무엇보다 귀가 어두워지
셨다. 잘 들리지 않으시니까 우리들 대화에 더 끼고 싶어 하셨
다. 가끔 우리끼리 하는 말에 끼어들어 생판 딴소리를 하시곤
했다.

　"어머니, 그건 어머니는 몰라도 되는 일이에요."

　딸들 중에 누구라도 그런 말을 하면 금세 토라지셨다.

　"그래, 느이끼리만 다 알고 재미있게 살아라. 나는 인제 다
산 목숨이니. 그래도 아직은 내가 살아 있지 않니? 전같이 외

출도 혼자 못 하니까 우두커니 니들 오기만 기다리는데."

어머니가 약이 올라 이렇게 말씀하시면 자식들은 그저 웃었다. 어머니가 외출을 못 하신다고 '우두커니' 자식만을 기다리고 계시지 않는다는 것을 우리 모두 알고 있었기 때문이다.

눈이 침침해서 책을 많이 못 읽겠다고 하시면서도 주문하신 책을 갖다 드리면 하루이틀 만에 다 읽으셨다. 그러고는 어지럽다느니 피곤하다느니 불편함을 토로하셨다. 그뿐인가? TV 스포츠 프로그램을 즐기셨는데 농구, 배구, 야구, 테니스, 골프까지 거의 모든 종목을 섭렵하셨다. 경기의 룰은 물론 팀 이름, 소속 선수, 감독 이름까지 머릿속에 다 들어 있었다. TV를 조용히 보시는 것도 아니었다. 귀가 어두우시니 TV의 볼륨이 점점 커지는 것은 당연했다.

"어머나, 신통해라. 잘한다, 잘해. 아이구, 이뻐 죽겠네."

이러시다가도 바로 다음 순간에는 이런 추임새가 곁들여졌다.

"저런, 바보 같으니라고. 야, 너는 연습 좀 더 하고 나와야겠어. 저런, 저런, 아이구 아까워라."

그야말로 극성 오빠부대가 무색할 정도였다. 문제는 우리 중 누구도 스포츠 프로그램을 즐기지 않았기 때문에 그런 시끄러운 어머니의 관중 태도를 이해할 수 없었다. 드라마도 마찬가지였다. 온갖 드라마를 다 챙겨 보셨을 뿐만 아니라 처음 몇 회만 보고 나면 결말이 어떻게 될지를 짐작하셨다. 여러 드라마의 줄거리를 헷갈리지 않게 기억하셨고 주연, 조연, 감독도 꿰고 계셨음은 물론 줏대 있고 공정한 평론가 노릇까지 하셨다. 내가 즐겨 보던 드라마를 여행이나 다른 일 때문에 한동안 보지 못해도 나중에 어머니께 전화 한 통화만 하면 내가 본 것보다 더 상세하게 줄거리를 알 수 있었다.

하지만 어머니가 돌아가시기 2, 3년 전부터는 그 전과는 다른 여러 가지 증상을 보이기 시작했다.

우리 집은 원래 자부엄모(慈父嚴母)의 가정이었다. 지금까지도 아버지는 착하고 따뜻한 분, 어머니는 공정하고 똑똑한 분으로 우리 6남매의 머릿속에는 각인되어 있다. 그런데 늘 자상했고 따뜻했던 아버지 이홍직(李弘稙, 사학자, 1909~1970)에 대해, 어린 시절 어머니가 학교에 계시는 동안 우리를 돌봐 주신 할머니와 할아버지에 대해 좋지 않게 말하시는 일이 종종 있었다.

오랫동안 어머니를 수발해 주신 아주머니를 의심하는 일도 자주 보게 되었다. 어떤 날은 잘 넣어 둔 물건이 없어졌다고 장롱 서랍을 뒤집고 앉아 계시기도 했다. 옛날 일은 소상히 기억하시면서 최근 일은 딴소리를 하시기도 했는데, 나중에 생각하니 그런 것들이 어머니에게 일어난 변화였다. 그때는 너무 속이 상하고 안타까운 마음에 "어머니, 인제 곧 가서서 아버지도 할머니, 할아버지도 다 만나실 텐데 제발 그런 소리는 마세요. 어머니 시대에 그 정도 시집살이 안 한 사람이 어디 있어요." 하고 한마디 했다. "어머니가 자꾸 그러시면 아줌마가 가 버릴걸? 어디서 지금 새 사람을 데려와요." 때로는 이렇게 은근히 협박까지 했다.

급기야 하루는 어머니를 모시던 남동생이 우리 집으로 전화를 했다.

"큰누나가 자주 어머니를 찾아뵙는 건 좋지만, 와서 어머니께 너무 듣기 언짢은 말은 하지 마세요. 오늘은 글쎄, 저녁 때 집에 가니까 어머니가 크게 토라지셔서 '인제 순자 오는 게 하나도 반갑지 않다. 늘 바쁘다는데 안 와도 된다고 해라.' 하시잖아요."

이렇게 전하며 동생은 허허 웃었다.

우리 어머니는 그렇게 조금씩 쇠락해지셨다. 하지만 우리는 어머니의 변화를 심각하게 받아들이지 않았다. 아주 말짱하시다가 가끔 별난 소리를 하시면 딸들은 대놓고 잔소리하거나 "아휴, 인제 노망나실 때도 되었지 뭐." 하고 웃어넘기곤 했다.

어머니가 떠나신 후에 깊이 반성을 했다. 우리 편하자고 어머니의 정신적 노화를 무시하지 않았는지. 만약에 알았다면 뾰족한 수가 있었을까. 알았다 해도 아마 받아들이고 인정하는 것 말고는 달리 방법이 없기는 마찬가지였을 것이다.

우리 어머니는 자식들을 거북하게 할 정도로 자기주장이 강하고 똑똑한 분이셨다. 그래도 어머니가 90세 넘도록 온전한 정신으로 살아 주신 것이 고맙고 또 고맙다.

어머니의
양평행

그 무렵 어머니의 생활환경에 큰 변화가 있었던 것이 어머니께는 정신적으로 부담이 되었던 것 같다. 어머니가 통 외출을 못 하시게 되자 동생은 40년 동안 살던 서교동 집에서 공기 좋고 터 넓은 양평으로 이사를 했다.

어머니가 사시던 홍대 근처 골목은 예전엔 조용한 단독주택가였다. 그런데 어느 틈에 대학촌 원룸과 연립주택 그리고 유흥가로 탈바꿈했다. 우리 모두는 양평에서 어머니가 편하고 아름다운 말년을 보내시게 된 것이 기뻤다. 평생 꽃 가꾸는 일을 즐기셔 온 어머니 때문에 편한 아파트 생활도 못 해

본 동생 내외도 비슷한 마음이었을 것이다. 하지만 막상 어머니는 그게 아니었던 모양이다.

하루는 어머니가 전화로 나를 찾으셨다.

"나 오늘 너희 집에 가서 하루 잘란다. 네 사정이 어떠냐? 괜찮으면 나 좀 데리러 오렴."

의논이 아니라 일방적인 통고에 가까운 말씀을 하시고는 전화를 끊으셨다. 물론 전에도 우리 집에서 주무시는 날이 자주 있었지만 혼자 외출이 어렵게 된 후로는 한동안 다른 자식들 집에서 주무시는 일이 거의 없었기 때문에 이상한 생각이 들었다.

집에 오셔서 저녁 드시고 TV 볼 것 다 보시고 목욕까지 시켜 드렸는데 별말씀이 없으셨다.

"어머니, 저하고만 할 얘기가 있으신 거죠?"

잠자리까지 봐드리고 여쭤보았다.

"그래, 거기 좀 앉아라."

어머니는 잠시 뜸을 들이더니 "나 말이다. 양평에 이사 안 간다. 내가 살면 얼마나 더 산다고 낯선 곳, 더구나 그 시골에 가서 살겠니? 그래도 여기는 아줌마하고 운동 삼아 시장에 가면 나 먹고 싶은 것도 다 있어. 또 시내에 살고 있어야 누가 보러 오기라도 하지. 공기 좋고 마당 넓으면 뭐하니? 그럴 거면 차라리 절간에 들어가지. 얘, 나 여기 와서 너하고 살면 안 될까?"

나는 어안이 벙벙해서 한동안 말이 안 나왔다.

"성규가 양평으로 가는 큰 이유 중 하나가 어머니 편히 모시려는 건데요. 새집에 가 보니까 어머니 방이 제일 넓고 좋던데… 성규하고는 의논하신 거예요?"

"아니다. 나 혼자 정했다."

나는 노인의 용의주도하심에 놀랐다. '그래서 우리 집에 오셔서 성규 모르게 의논하시는 거구나.'

"글쎄요. 어머니가 저랑 같이 사실 수도 있지만, 어머니의 거취문제는 모든 것을 성규하고 의논하기로 되어 있어요. 성규하고 먼저 얘길 하셔야지요."

나는 어머니와 여러 가지 얘길 더 나눴다. 어머니의 요점은 두 가지였다. 첫째는 어머니 생활에서 가장 중요한 음식과 사교생활을 모두 충족할 수 있는 서교동의 재래 시장통을 떠나는 것이 싫으시다는 것이었다. 서교동에 사는 40년 동안 어머니는 거의 매일같이 단골손님으로 대접받아 가며 잡숫고 싶은 걸 골라 잡수셨다. 둘째는 몇 명 남지 않은 친구나 친척이 양평까지 만나러 오리라는 것을 기대할 수 없다는 것도 맘에 걸리셨던 모양이었다.

그렇지 않아도 2, 3년 전에 서울에 사는 세 딸이 막내 올케의 30년 넘는 시집살이가 딱하고 성규에게도 휴식을 주기 위해 딸들이 얼마간씩 어머니를 모시자는 논의를 했다. 다 같은 자식이고 노부모 봉양을 분담하는 것은 좋은 일이니까. 맏딸인 나야 언제라도 모실 각오가 되어 있었고, 셋째 딸 연자도 그렇게 결정되면 기꺼이 하겠다고 했다. 그런데 막상 막냇동생이 요지부동이었다.

"누나들 중 누구라도 어머니가 돌아가실 때까지 나보다 더 편히 모실 자신 있으면 모시세요. 그렇지만 노인을 이 집 저 집으로 옮겨 다니시게는 절대로 못 합니다."

우리는 머쓱해졌다. 사실 어머니가 얼마나 오래 사실지 그 누구도 알 수 없었고, 실제로 끝까지 동생보다 더 편하게 모실 자신은 더욱 없었다. 딸들은 동생이 고맙기도 했지만 속으로는 모두 안도의 숨을 내쉬었다.

형제들이 여럿 있는 집에서 노인 부모를 돌아가며 모시는 경우를 종종 보았다. 그러나 노인들의 불안정감도 큰 문제지만, 형제들끼리 의가 상하는 일이 생기거나 부모가 돌아가신 후에 형제간에 소원해지는 걸 주위에서 많이 보아 왔다. 물론 반농담으로 하는 말이지만 노인들이 오죽하면 '자식 많은 노인이 길에서 죽는다'는 말까지 하겠는가.

하늘이 주시는 대로 낳아 기른 많은 자식들. 어머니 세대는 모두 한평생을 '자식 기르기'에 다 바쳤다. 워낙 나라가 가난했으니 평생 일을 했어도 연금도 없고 퇴직금도 변변치 않아 자식들이 노후대책이고 연금일 수 밖에 없었다. 더구나 교육도 제대로 받고 제 앞가림하고 사는 6남매의 자식은 우리 어머니의 확실한 노후대책이었다.

아무래도 맏딸인 내가 형제들 의견을 듣고 교통정리나 실무점검 또는 어머니의 '고충처리' 역할을 할 수밖에 없었다. 오래전부터 우리는 모시고 사는 것은 막내가 하니까 비용은 다른 형제들이 분담하는 것, 또 어머니의 거취에 관한 모든 결정은 모시는 동생의 의견을 무조건 따르기로 되어 있었다. 처음에 동생은 이런 실무적인 방법이 어머니를 너무 의무적 부담으로 만드는 것 같은 기분이 들어서 싫으니 가끔 용돈이나 드리라고 했다. 그렇지만 다 같은 봉급생활자로서 모시지는 못해도 비용을 분담하는 일은 최소한의 도리였다. 더구나 어머니를 수발할 사람은 꼭 있어야 했고 그 인건비도 만만치 않았다.

사실 한집에 모시고 사는 동생 내외가 제일 애를 쓴다는 건 우리가 다 인정했다. 세상 살다 보면 돈으로 대신할 수 있는 일이 제일 쉬운 일이라는 생각이 들 때가 많아 우리는 동생에게 늘 미안했다. 요즈음 세상에 아들딸이 다를 수가 없지 않은가? 적어도 우리 세대까지는 교회에 십일조를 내기 전에 앞서 일정 수입이 없는 노부모에게 십일조를 드리는 것을 하느님이 더 기뻐하실 것이라는 게 내 지론이었다.

결국 나와 성규는 여러 가지 약속으로 어머니를 달래서 양평행을 성사시켰다. 이사 가자마자 성규는 어머니 방에 케이블 TV를 연결시켜 어머니가 즐겨 보시는 모든 채널을 볼 수 있게 해 드렸고, 양평에서 제일 큰 슈퍼마켓으로 모시고 가서 휠체어를 몰고 구석구석 돌며 서울에서 잡수시던 모든 음식이 양평에서도 더 쉽게, 더욱 싱싱한 것으로 구할 수 있다는 것을 확인시켜 드렸다.

머리로 하는 자식 노릇,
마음으로 하는 자식 노릇

양평에서의 어머니 말년은 아름다웠다. 공기 좋은 곳에서 사시사철 변하는 자연을 가까이에서 만끽하셨다. 무엇보다 동생 성규의 세심한 보살핌은 특별했다. '자식과 부모 사이에도 합이 들어야 한다'는 옛말이 있는데 어머니와 동생을 두고 한 말인 것 같았다. 가까이 산다고 해도 자식과 부모의 관계가 자식마다 다 다르다.

나는 은퇴하고 일주일에 적어도 두 번 어머니를 뵈러 가겠다는 약속을 했다. 하지만 나는 약속을 지키지 못했다. 서울에 계실 때 일주일에 한 번 가는 것도 작정을 하고 시간을 내야 갈 수 있었는데 양평까지 일주일에 두 번 가겠다니…. 아마 어머니도 그 약속을 곧이곧대로 믿진 않으셨을 것이다. 어머니와 약속을 지키지 못한 것이 지금도 죄스럽다.

양평으로 이사 가신 후 얼마간은 자리가 안 잡혀서 그런지 내가 가기만 하면 푸념을 쏟아 내곤 하셨다. 어찌나 말도 안 되는 푸념이 많으신지 내 속을 있는 대로 뒤집어 놓으셨다. 그냥 "네, 네. 그러셨어요?" 하고 듣기만 하고 와도 됐을 텐데…. 변명이지만 그때는 먼 길을 운전하고 갔는데 들어서자마자 시작되는 안 좋은 얘기들을 마음 편히 들어드릴 수가 없었다. 또 귀가 어두우시니 큰 소리로 얘기하다 보면 나도 모르는 사이에 마음도 거칠어지고 말도 거기에 따라가고 말았다. "그런 게 아니고…."로 시작되는 내 말이 고분고분할 리가 없었다.

어머니를 뵈러 가는 길, 강을 따라 이어지는 아름다운 국도를 달리면서 기도하는 마음으로 '오늘은 어머니에게 따뜻한 말만 하고, 몸도 주물러 드리고, 얘기 다 들어드리고, 좋게만 해 드려야지.' 하고 다짐했다. 그렇지만 돌아오는 길엔 옹졸한 내 마음을 탓하곤 했다. 번번이 참지 못하고 어머니에게 했던 거친 말을 되새기며 참회했다.

네 딸과 그 아래로 두 아들, 6남매나 되었지만 그즈음 우리들은 멀리 흩어져 살고 있었다. 둘째 딸 성미(李成美, 한국정신문화연구원 교수)의 남편 한승주(韓昇洲)가 주미대사 발령을 받아 워싱턴에 가서 살게 되었다. 어머니를 찾아뵐 수 있는 딸은 셋째 딸 연자(李延子, 남편 金教昌 변호사)와 나뿐이었다. 우리는 될 수 있으면 날짜를 조정해서 엇갈려 어머니를 뵈러 가도록 정했다. 어머니가 심심하지 않은 날이 하루라도 더 많도록 하기 위해서였다.

나는 가끔 동생에게 미안한 마음을 얼버무리려고 이렇게 말하곤 했다.

"성규는 마음으로, 우리는 머리로 자식 노릇을 하는구나. 하늘이 내린 자식의 효성은 저절로 하늘에 닿아 있고, 우리는 속세의 의무감으로 효도 좀 하려고 노력하는데 힘은 더 드네."

자식 노릇을 마음으로 하는 것과 머리로 하는 걸로 나눌 수야 없겠지만 마음을 다해 어머니를 모시는 동생에게 고맙고 미안한 마음을 이렇게 말했다.

양평에서 보낸
어머니의 여섯 계절

양평의 어머니 방은 동생이 이른 아침 산보를 하며 꺾어 온 이슬 맞은 야생화가 매일 화병에 가득 꽂혀 있었다.

"어머니가 새집에서 적어도 사계절의 아름다움을 다 보시고 가셨으면 좋겠는데…."

동생의 염원을 하느님도 가상하게 여기셨는지 어머니는 양평에서 여섯 계절을 보시고 가셨다. 정확히 말하면 돌아가시기 직전의 마지막 가을에는 어머니의 감성이 거의 기능하지 못하는 듯했다.

말수가 갑자기 줄었고 주위에 대한 관심도 없어졌을 뿐더러 시간에 대한 개념까지 없어지셨다. 바로 2, 3일 전에 뵈었는데도 "너는 뭐가 바빠서 그렇게 안 오냐? 얼굴 잊어버리겠다." 하시기도 하고, 종일 누워 계셔서 그런지 식사 때가 되면 "이게 점심이냐? 저녁이냐?" 하셔서 우리를 당황케 하셨다.

소국이 흐드러지게 핀 어느 날, 날씨도 좋아서 향기 좋은 마당으로 어머니를 모시고 나가 휠체어에 앉혀 드렸다.

"어머니, 좋으세요?"

이렇게 묻고 어머니를 보니 어머니는 이미 소록소록 졸고 계셨다. 그래도 정신이 멀쩡하실 때는 "양평에 오기를 잘했다. 천국이 뭐 이렇겠지. 더 좋을 수는 없지 않겠니. 성규가 참 고맙다." 라고 말씀하셨다. 어머니가 시골집의 평화로움을 조금이라도 느끼게 되신 것이 우리에게, 특히 성규에게 큰 위안이었다.

그즈음 무엇보다도 큰 변화는 어머니가 TV를 어지러워서 못 보시겠다고 틀지 않으셨던 것과 까탈스럽게 음식 주문을 하지 않으시고 드리는 대로 잡수신 것이었다. 한번은 성규가 전화를 했다.

"매일 저녁에 발을 닦아 드리면 그렇게 시원하다고 좋아하셨는데 요즈음에는 대야를 들고 들어가면 '애, 귀찮다. 누워

만 있는데 발 씻을 일이 뭐 있냐? 고만두자.' 하시는 날이 많아 지네."

동생의 풀 죽은 목소리를 듣자 어머니보다 동생의 마음이 헤아려져 가슴이 메었다. 늙은 어머니를 업어 보고 그 가벼움에 놀라서 슬픈 심경을 읊은 일본의 한 하이쿠 시인의 심경이 떠올랐다.

그 무렵부터는 나도 될 수 있는 대로 자주 어머니를 찾아 뵈었다. 하지만 어머니는 이미 만남의 반가움이나 대화의 즐거움은 거의 못 느끼시는 듯했다. 잠깐 옆에서 손을 만져 드리고 같이 밥을 먹는 게 고작이었다. 활기 있는 대화나 - 비록 그것이 너무도 격의가 없어 어떤 때는 서로의 마음을 상하는 말도 오가기는 했지만 - 의미 있는 내용의 대화가 없는 아주 조용하고 평화로운 방문이 이어졌다. 집으로 돌아오는 길은 더없이 슬프고 허망했다. 옛날에 어머니에게 언짢은 소리를 하고 후회로 가슴 아파했던 때보다 마음이 더 쓸쓸했다.

어머니의 식사량은 현저히 줄었다. 30여 년 어머니를 모신 아주머니의 정성으로 어머니의 상은 늘 진수성찬이었다. 쟁반 가득히 담긴 작은 종지에는 색깔도 다양한 나물과 어육류가 골고루 있었다. 예전 같으면 음식 맛을 두고 꼭 무슨 품평이라도 하셨는데 어머니는 아무 말도 없이 그냥 열심히 잡수시기만 했다. 내겐 아주 생소한 풍경이었다. 너무도 어머니답지 않아 이상했다.

"어머니, 맛있어요?"

처절할 정도로 열심히 잡수시는 어머니의 모습에 좀 섬뜩한 생각까지 들어 내가 물었다.

"맛은 무슨 맛? 그냥 먹는 거지."

그러시면서도 누구에게 음식을 빼앗길까 걱정이라도 되는 사람처럼 아무 말도 없이 차근차근 잡수셨다. '어머니가 오래 계시지는 못하겠구나.' 하는 생각이 들기 시작한 것도 그즈음이었다.

그렇게 어머니의 많은 것들이 희미해지고 있었다. 그러나 집안의 어린아이들에 대해 물어보실 때는 또렷하고 생기가 돌았으며 눈에는 광채가 돌았다. 우리 6남매가 이미 손자녀를 두었으니 어머니에게는 증손자뻘의 아이들이 11명이나 되었다. 어머니는 거의 마지막까지 그 아이들의 소속을 헷갈리지 않고 이름을 부르며 안부를 챙기셨다.

어머니는 우등생 자연인이었다. 의식이 있는 한 열심히 끝까지 본능을 잘 이행하신 분이셨다. 생명체인 인간에게 마지막까지 남는 의미 있는 본능, 끝까지 생명을 붙들기 위한 음식 챙기기와 종족보존을 위한 자손 챙기기. 내가 어머니의 마지막 모습에서 본 그 본능을 아름답다고 느낄 수 있었던 건 우리가 흔히 보게 되는 인간의 본능을 따르는 탐욕을 어머니는 의지력과 이성으로 절제하신 듯했기 때문이다. 많은 사람들이 돌아가실 때가 되면 더욱더 생명에 집착하고 죽음을 피해 보려고 주위 사람들을 괴롭힌다고 들었다. 이는 무의식에서 작동하는 생명체의 본능이라고 했다. 그런데 어머니는 그 점에서는 의연하게 마음을 비우신 듯했다.

10여 년 전부터 어머니는 자식들에게 기회가 있을 때마다 '유언 같은 말씀'을 하시곤 했다.

"얘들아, 나는 그냥 내 방에서 떠날 거다. 80여 년 살았는데 여한이 뭐 있겠니. 내가 병이 나거나 기운이 다해 죽을 때가 되면 절대로 병원으로 끌고 다니지 마라. 나는 이제 아무 때라도 내 힘으로 숨 쉬지 못하고 내 손으로 밥을 떠먹지 못하게 되면 저절로 가게 되어 있다. 이것저것 붙여서 억지로 숨쉬게 하고 튜브로 영양분 쑤셔 넣고 하는 짓은 에미 욕보이는 일이라는 것을 명심해라. 나는 절대로 병원에서는 안 죽는다. 만약 너희가 나를 병원에 끌고 가면 그건 죽어 가는 에미를 귀찮다고 내다 버리는 거다. 내가 떠날 때가 되면 그냥 조용히 놔주기만 하면 된다."

우리 형제들은 모두 이런 어머니의 말씀을 여러 번 들었기 때문에 세뇌를 당해서인지 아니면 우리도 그것이 타당하다고 생각했기 때문인지 이 문제에 대해서는 자연스럽게 의견 일치를 보았다. 줄줄이 60줄에 들어서고 있는 우리도 기회 닿는 대로 아이들에게 똑같은 부탁을 하고 있는 처지이기도 했다. 어머니 말씀대로 여한 없는 수명을 누리신 분이 돌아가시는 게 당연한 일이고 또 어머니가 우리를 떠나실 때가 가까워졌음을 오래전부터 느끼고 있던 터였으므로 우리 모두가 어머니가 바라시는 마지막을 맞이하도록 해 드리는 데에는 전혀 이견이 없었다. 더구나 무슨 특정 질병이 있는 것도 아니고 말 그대로 노환으로 생명의 불꽃이 천천히 잦아들고 있었기 때문이었다. 몸과 주위를 깨끗이 해 드리고 자주 어머니 옆에 있어 드리는 것이 우리가 할 수 있는 것의 전부였다.

이 세상에서의
마지막 파티

　어머니는 우리와의 긴 작별을 상상 속에서 이미 체험하고
계셨다.

　"나는 너희들이 '어머니' 하고 부르며 내 방으로 들어오는 게
제일 좋다. 성규가 학교 갔다 와서 '어머니, 다녀왔습니다.' 할
때는 참 반가워. 매일 아침 나가면서 '어머니, 다녀오겠습니
다.' 할 때 나는 속으로 번번이 '그래 잘 있어라. 잘 살아라.' 하
고 작별을 했는데, 그래도 또 내가 하루를 더 살아서 한 번이라
도 그 애를 더 보게 되네."

　어머니가 희미하게 웃으시면서 나에게 말씀하실 때 나는 눈

물이 왈칵 쏟아져 얼른 고개를 돌렸다. 그때쯤은 어머니가 거의 청력을 상실한 상태라 우리의 말을 소리로 들으신 것이 아니었다.

하루는 내가 뵈러 갔더니 내 눈을 똑바로 쳐다보시면서 말씀하셨다.

"얘, 내가 인제 곧 갈 모양이다. 어젯밤 꿈에는 말이다. 내가 길을 가고 있는데 간디가 자전거를 타고 내 옆으로 지나가지 않겠니? 그 바짝 마른 체구에 헝겊자락 옷을 걸치고 동그란 안경을 쓰고. 왜 사진에 늘 나오는 그 모습으로 말이야. 나는 나도 모르게 '간디 선생' 하고 부르면서 자전거 뒤꽁무니를 꼭 붙들고 따라갔지 뭐니."

어머니는 웃지도 않고 말씀하셨다. 나는 정말 어이가 없었다.

"아니, 꿈에 아버지를 만나 따라갔다면 몰라도 웬 간디 선생을 따라가요. 참 우리 어머니는 못 말린다니까. 어머니 연세에도 개꿈을 꾸시나 봐요?"

동생들에게 그 얘기를 하면서 우리는 한바탕 웃었다.

"지사(우리 외할아버지)의 딸은 정말 다르네. 저승길에서도 일생 같이 산 남편을 따라가는 게 아니라 정신적인 지도자를 따라가는 걸 보면."

우리는 며칠 동안 그 꿈 얘기로 어머니를 놀리며 재미있어했다.

그런데 그해 8월 말, 어머니와 즐거운 환송 파티를 하는 계기가 생겼다. 어머니가 떠나시기 꼭 두 달 전에 미국에 있는 막내딸 명자(李明子, 캘리포니아 주립대학 교수)가 출장으로 한국에 다니러 왔다. 어머니가 쇠약해지신 후 1년에 두 번씩은 꼭 뵈러 오던 터였다. 그때쯤 명자도 어머니를 앞으로는 여러 번 뵙지 못할 거라는 생각이 들었기 때문인지 일만 끝나면 나와 함께 양평집에 자주 갔다.

하루는 나, 성규, 셋째와 막내딸 넷이서 시간이 맞아 양평집에서 저녁을 먹었다. 그날은 어머니가 전에 없이 기운을 차리시고 기분도 좋으셨다. 아마도 어머니가 우리 형제들에게 아주 특별한 추억을 만들어 주시기로 작정을 하신 모양이었다. 시종 화기애애하게 우리는 옛날 얘기로 꽃을 피웠고 어머니도 많이 알아들으시는 것처럼 엉뚱한 말씀을 별로 하지 않으셨다. 또 오랫동안 입에 안 대시던 포도주도 조금 드셨다. 포도주 때문인지 발그레 화색이 돌아와서 어머니의 건강하시던 때의 모습을 보는 것 같았다. 저녁 식사를 마치고 성규도 기분이 좋았는지 어머니를 부추겼다.

"어머니, 노래하세요."

어머니는 원래 우리 집 대표 가수였다. 어려서부터 윤석중 선생님의 색동회를 따라다니며 라디오에서 노래를 불렀다. 집 안 모임에서도 손주 꼬마들이 노래한 다음은 뚝 건너뛰어 어 머니 차례가 되었다. 우리 형제들 중에는 제대로 노래를 하는 사람이 아무도 없었기 때문이다.

어머니는 당신 환갑은 물론 칠순잔치에서도 팔순잔치에서 도 독창을 하셨다. 환갑 때까지는 멋진 곡을 들려주셨다. 하지 만 칠순 때는 어머니 특유의 하이 소프라노로 '사자수 내리는 물에 석양이 비칠 때'로 시작하는 「낙화암」을 3절까지 부르시 려는데 못된 딸들이 너무 듣기 힘들어서 만류했다. 그 후에도 집안 모임만 있으면 어머니는 노래를 하셨지만 귀가 잘 들리 지 않게 되자 정확하던 음정이 흔들렸다. 우리가 항상 감탄하 는 것은 어머니의 가사 암기력이었다. 3절까지 있는 노래나 6 절까지 있는 노래나 끝까지 부르시는 어머니는 애국가도 끝절 까지 외우지 못하는 '바보 자식들'을 딱하게 여기셨다.

90세를 넘기시자 어머니의 노랫말은 여러 절이 뒤섞이기 시 작했고 곡조도 음치에 가까워 우리가 듣기에도 거북하게 되어 버렸다. 집안 모임에서 어머니의 노래가 빠지는 것이 조금은 섭섭했다. 듣기 거북한 노래를 하시겠다고 고집을 부리지 않는 것만으로도 다행으로 여겼다. 그렇게 어머니의 노래는 한 동안 집안 모임에서 잊혀져 있었다.

그런데 갑자가 성규가 어머께 노래를 하라니 우리도 오래간만에 좋다고 박수를 쳤다.

"어머니가 요새는 종일 혼자 계시는데 TV도 못 보시고 너무 사는 재미가 없으신 듯해서 내가 가끔 시간이 나면 어머니하고 옛날 노래를 부르고 있어. 좀 놀아 드려야 하는데 나도 시간이 없고 뭐 같이 할 것이 없으니까. 내가 그냥 노래나 하자고 하면 좋아하시네. 가사도 곡조도 인제 다 엉망이지만 그래도 나보고 노래 못한다고 타박하시는 재미는 있으신지 듣지도 못하시면서 내가 하는 것은 다 틀렸대요. 어머니는 노래하실 때하고 자식 야단치실 때는 생기가 나시나 봐요."

성규의 말에 겉으로는 세 딸들이 웃었지만 속으로는 가만히 눈물이 고였다. '정말 저 아이와 어머니와의 인연은 어떤 것일까?' 하며 동생과 어머니의 관계를 생각했다.

"노래? 그러지. 애, 성규야, 같이 부르자."

그렇게 어머니의 노래가 시작되었다. 그런데 의외였다. 어머니는 슈베르트의 가곡이나 홍난파, 현제명, 김동진, 이흥렬 정도의 한국 가곡을 즐겨 부르셨다. 그런데 그날 어머니는 첫 곡부터 나도 들어 본 적이 없는 일본의 '엔카'를 신나게 부르시는 게 아닌가? '사케와 나미다까, 다메이키까….(술이란 눈물이더냐, 한숨이더냐….)'

"어머니가 요새는 아주 옛날 노래를 잘 부르셔. 그래서 나도 몇 곡 좀 배웠지."

우리가 너무 어리둥절해 하니까 성규가 보충설명을 하고 어머니와 같이 몇 곡을 연달아 불렀다. 어머니의 노래는 이제 노래가 아니었다. 그 옛날의 청아한 음색, 정확한 음정, 감흥적인 신명은 어디에도 없었다. 생명의 덧없음, 인생의 무상함이 가슴을 서늘하게 했다.

그날 저녁 어머니와 함께한 이 세상에서의 마지막 파티는 늦도록 끝날 줄 몰랐다. 어머니가 신명을 내시니 우리도 즐거웠다. 가끔 걱정이 되어 동생은 "어머니, 피곤하지 않으세요?" 하고 물으면 딸들은 "에이, 저렇게 재미있어 하시는데 오늘 밤에 가서도 한이 없으시겠다. 그렇죠?" 했고, 어머니는 알아들으셨는지 "그래, 그래." 하고 연신 웃으셨다.

어머니의
'중대 발언'

파티가 절정에 올랐을 때 어머니는 갑자기 너무나도 의외의 중대 발언을 하셨다. 내가 '중대 발언'이라고 하는 이유는, 그 발언 내용의 의미나 어머니의 발언 의도가 나에게는 어머니 인생을 다시 생각하게 하는 어떤 메시지를 주었기 때문이다.

"얘들아, 내가 너희 아버지하고 결혼해서 크게 손해 본 게 뭔 줄 아니?"

오래간만에 아버지 얘기를 꺼내시니 우리는 또 어머니가 아버지 흠이나 잡으려나 하고 잔뜩 긴장했다.

"글쎄, 재주 있는 애는 하나도 못 낳고 말짱 못난이들만 수북

48

하게 낳아 놓았잖니? 내 말 맞지? 너희들 중 하나라도 노래 잘
하는 애가 있냐, 운동 잘하는 애가 있냐? 너희 아버지는 아는
노래라고는 '원 리틀, 투 리틀, 쓰리 리틀 인디언' 그것밖에 없
어. 일생 어떻게 그냥 듣고 저절로 배워지는 노래도 없니? 신
기하다니까. 운동도 그래, 아무것도 못한다니까. 그래도 걷는
것 하나는 잘하니까 답사는 잘 다니셨지. 그것도 못했으면 역
사학자 노릇도 못 했을 텐데."

어머니는 아버지 얘기를 하시며 정말로 깔깔 웃으셨다.

"어머니, 그래도 우리 6남매 다 공부는 잘했잖아요? 다 일류
학교에서 우등생 노릇만 했으면 못난 건 아니지. 지금 보니까
우리처럼 연년생 집안에서 한 아이도 입시에 실패하지 않고
줄줄이 좋은 학교에 거저 들어간 집도 드물지요. 또 딸이 넷이
나 되었어도 대학 졸업하고 딱딱 그다음 해에 괜찮은 신랑 만
나 결혼해 나갔으니 앞차 밀린 적도 없었고. 지금도 이만하면
어머니 자식들 다 괜찮은 거지 뭘."

딸 셋이서 와글와글 항의했다.

"얘들아, 공부야 우리 집에서는 그냥 다 하는 거지. 공부도
못하는 사람이 어디 있냐? 공부야 기본이고, 그래도 사람이면
노래도 좀 하고 운동도 좀 해야 재미있게 사는 거 아니니? 한

산 이씨 집안 사람들은 재미라고는 모르고 사니 참 딱하지. 나는 이 집에 시집와서 참 재미없이 살았다."

어머니는 은근히 자신이 우리와는 다른, 아주 재주 있는 사람이라는 것을 자식들 앞에서 뽐내고 마지막으로 확인시켜 놓고 가시려는 것 같았다.

사실 어머니는 어린 시절 민족사학인 숙명고등여학교에서 날리던 학생이었다. 수석 졸업생으로 그 학교의 설립자인 고종의 계비인 순헌황후 엄씨가 내리신 장학금으로 일본의 명문 사범학교인 나라여자고등사범학교(奈良女子高等師範學校)로 파견된 국비유학생이었다. 또 당시 숙명 배구팀에서 맹활약을 했다고 늘 말씀하셨는데 어머니가 배구에서 센터를 맡았다고 하셨다. 우리는 "에이, 아무리…. 그 키에 센터는 무슨 센터?" 하고 믿지 않는 척하며 놀리곤 했다. 그럴 때면 어머니는 정색을 하고 "애, 옛날에는 내가 작은 키가 아니었어. 그리고 뭐 센터가 키 커야 하는 줄 아니? 너희가 운동을 몰라도 너무 모른다니까." 하면서 약 올라 하셨다.

어머니가 노래를 잘하셨다는 것은 우리가 늘 들어서 의심치 않았지만 운동이야 우리 중 아무도 본 사람이 없으니 어머니의 자기 자랑을 늘 우리는 웃으며 무시했던 것이다. 그런데 서교동에서 오랫동안 어머니와 가까이 살던 셋째 딸 연자가 하루는 "어머니 진짜 운동신경이 보통이 아니야. 숙명 배구팀 센터 맞는 말인가 봐." 하고 웃는 게 아닌가.

1970년대에 서울에서 테니스가 유행해서 웬만한 동네에 테니스 코트가 개장되었다. 연자도 운동 삼아 레슨을 받았는데 영 운동에 소질이 없어 늘지 않았다. 하루는 어머니가 구경을 나오셨다. 답답하게 공을 못 받으니 참다 못한 어머니가 "얘, 내가 좀 해 보자." 하시더니 테니스 라켓을 건네받고는 능숙한 솜씨로 공을 넘기셨단다. 코치도 깜짝 놀란 것은 물론이다. 그때 어머니는 이미 환갑이 넘으신 나이였다. 라켓을 들어 본 지가 40년도 넘었다는데 그렇게 가뿐하게 공을 치신다는 것이 신기한 노릇이었다. 우리는 그 이후로 '우리 어머니는 배구선수, 위치는 센터'라는 것을 사실로 받아들였다. 그리고 어머니가 TV 운동 프로그램에 그렇게도 열광하는 이유를 이해하게 되었다.

"어머니, 그럼 우리 중 누가 엄마 닮아 재주가 많고 끼가 넘쳐 노래고 춤이고 아주 잘했다면 어머니가 그걸 하게 했을까? 딴따라, 날라리라고 펄펄 뛰고 못 하게 했겠지?"

내가 정색을 하고 묻자 어머니는 "글쎄다. 그냥 취미로 하면 재미있게 산다는 말이지 그걸로 밥벌이하려면 그게 보통 재주로는 안 되지. 스타가 아무나 되냐?" 하셨다. 결국 어머니 재주도 취미 살리기 정도라는 겸손을 보이시는 것이 너무나 재미있었다.

"그래도 우리는 재주는 없어도 연극이고 영화고 음악이고 다 좋아하고 즐기고 살고 있는 게 다 우리 어려서부터 그 어려운 살림에 음악공부며 문화생활 열심히 시켜 주신 덕택이지."

나는 슬쩍 어머니의 공로를 치켜세웠다. 그건 사실이었다. 여유 없는 어려운 살림에서 넷이나 되는 딸들에게 열심히 피아노며 바이올린 레슨을 받게 하고 공연이고 전시회도 가도록 권하셨다. 그 시대에 문화생활 지원을 분에 넘치게 받은 것은 지금 생각해도 어머니의 극성스러운 노력이 아니고는 불가능했다.

"그래, 나는 별 재미없는 세상 살았지만 너희들이야 좋은 세상 재미있게 즐기고 사니 좋다."

나는 그때 어머니의 얼굴을 스치고 지나가는 진한 아쉬움의 표정을 확실히 보았다.

내가 철들고 나서부터 어머니로부터 들어 온 제일 싫었던 말들이 있다. "내 인생은 너희 집에 시집온 것과 동시에 끝났다." 라든가 "너희들만 아니었더라면 내가 이렇게 살지는 않았을 텐데." 같은 것들이었다. 어머니는 그런 말을 자주 하셨다. 그때마다 화가 나서 나는 꼭 말대답을 하곤 했다.

"어머니가 그 시대에 태어나서 남들은 꿈도 못 꾸는 고등교육을 받고 직업여성의 긍지도 누리고, 또 착한 남편 만나셨잖아요. 옛날 남자들처럼 바람을 피웠길 하나, 애들이 많아도 속썩이는 자식이 있나, 뭐가 불만이에요?" 라든가 "그럼 우리가 없었다면 엄마는 어떻게 더 재미있고 화려하게 살았을까?" 하고 따졌다.

이제 와서 생각해 보니 어머니는 타고난 성격이나 재주 또는 '끼'를 어머니가 살았던 시대에 다 펼칠 수 없는 것이 아쉬우셨던 것 같다. 더구나 적성에 맞아서, 자신의 선택에 따라 교육자가 된 것도 아니었다. 사범학교에 가서 졸업 후 교직에 종사하는 조건의 장학금으로 유학을 갔고 졸업 후 기숙사 사감으로 시작하여 훈육주임, 교감 같은 빡빡한 직책으로 일관했다.

또 2차세계대전, 한국전쟁이라는 20세기 중반에 벌어진 두 개의 큰 전쟁을 지나며 가난 속에서 대식구를 부양하면서 젊은 날을 다 보냈다. 여행이나 나들이는커녕 그 좋아하는 꽃구경 한번 제대로 못 하고 생존 자체에 전력투구하며 살아온 인생이었다. 그렇지만 우리가 그런 사실을 다 인정한다 해도 듣기 싫은 것은 어쩔 수 없었다. 어려움으로 치자면 같은 시대를 산 다른 여성들도 대부분 어머니보다 더하면 더했지 덜하진 않았을 테니까. 우리가 보기에는 딴 여성들은 그런 불평 하나 없이 그냥 푸근하고 편한 어머니로 사는 것 같았는데 유독 우리 어머니만 유별나게 구는 것이 싫어서 늘 불만이었다. 그때는 어머니를 도저히 이해할 수가 없었다.

사람이 자신의 삶을 평가하는 기준은 주관적이다. 또 누구나 정도의 차이는 있겠지만 겉보기와 내면의 괴리가 있다. 따라서 자신의 삶에 스스로 매기는 평점에 대해 다른 사람은 이의를 달 수 없다. 주위 사람들이 볼 때 여러 가지 행복의 조건을 갖춘 사람일지라도 본인의 생각은 전혀 다를 수도 있다. 물론 우리는 가족의 구성원, 특히 어머니가 웬만하면 자신이 처한 시대적인, 사회적인 또는 가족적인 여건에서 축복의 조건을 많이 찾고 느끼고 그것을 가족들과 나누며 편안하게 살기를 바랐다. 그래서 우리는 어머니의 불만이 늘 불편했던 것이다.

"어머니, 다음 생에서는 호방하고 재미있는 남편 만나 재주 많고 끼 많은 애들 많이 낳고, 신나고 화려하게 사세요." 우리는 까불면서 "어머니의 더 좋은 내세를 위하여!" 하며 건배까지 서슴지 않았다.

그날 저녁은 아무리 생각해도 특별했다. 어머니가 떠나시기 전에 그런 즐거운 추억을 남겨 주고 가신 것은 우리에게 큰 축복이었다.

그날 이후 어머니의 체력은 급격히 떨어졌다. 마지막 한 달은 어머니 자신도 주위 사람들도 너무도 힘이 들었기 때문에 그런 좋은 추억의 선물을 주셨던 것이 더욱 감사하다.

어머니와의
이별 준비

돌아가시기 일주일 전쯤부터 어머니는 완전히 탈진 상태로 들어가셨다. 간간이 신음소리를 내시면서 몸을 많이 뒤척이시기만 하셨다. 거의 말씀을 안 하시니까 우리는 때맞추어 유동식 식사나 물을 드리는 것 외에는 별로 할 일이 없었다. 계속 주무시는 것 같은 혼미한 상태가 이어졌고 우리가 살살 흔들어서 깨우거나 귀에 대고 큰 소리로 얘기하면 어머니는 그냥 고개를 끄덕이거나 좌우로 흔드는 것으로 기본적인 의사 표시를 하실 뿐이었다.

돌아가시기 사흘 전, 어머니는 의식을 아주 잃으신 듯 보였다. 유동식 음식이나 물이 목으로 넘어가지 않고 흘러내렸다. 이제는 정말로 떠나실 때가 온 것을 느꼈다. 사촌인 의사에게 연락해 양평까지 좀 와 달라고 했다. 진단 결과 이미 뇌사가 진행 중이고 앞으로 길어야 사흘 또는 이틀 후면 운명하실 것이라고 했다.

모든 준비는 오래전부터 다 되어 있었다. 10여 년 전 윤달이 끼는 해에 수의를 하는 것이 좋다고 해서 자식들이 이미 안동포 수의와 임종 후 바로 갈아입혀 드릴 생명주 한복을 만들어 놓았다. 전 가족이 비상체제에 들어갔다. 우선 미국에 있는 큰아들과 둘째, 막내딸에게 급히 귀국하라는 전화를 했다.

어머니는 천주교에서 영세는 받으셨지만 신심이 깊지 않으셔서 오랫동안 냉담자 노릇을 하셨다. 또 외출을 못하게 되시고는 성당에 못 가시는 일이나 영성체를 모시지 못하는 일을 별로 섭섭해 하시지도 않으셨다. 그래도 내 생각에는 종부성사를 해 드려야만 할 것 같았다. 성심회 수녀이신 시누님께 연락을 드렸더니 어머니와 잘 아시던 일본 수녀님이 양평에 오셔서 성사를 해 주실 수 있다고 해서 얼른 모시고 왔다. 수녀님 두 분과 나. 비록 지켜보는 사람의 수는 단출했지만 성사를 마치고 나니 내 마음이 가벼웠다. 어머니도 분명히 우리와 같이 기도하시며 주님의 평화 안에서 하느님의 나라로 인도받기를 간절히 청원하셨으리라는 확신이 들었다.

이제는 어머니의 소원대로 마지막까지 어머니 방에서 자식들과 꽃에 둘러싸여 가실 수 있도록 해 드리는 일만 남았을 뿐이다. 다음 날 아침 성규는 새벽 꽃시장에 가서 싱싱하고 화려한 국화 화분을 한차 가득 사 와서 이미 꽃이 많은 어머니 방과 집 안을 꽃밭처럼 화려하게 꾸몄다.

"사람이 의식을 잃어 갈 때라도 감각은 남아 있다니까 어머니가 이 꽃들을 다 느끼고 좋아하시겠지."

성규가 혼잣말처럼 중얼거렸다.

"그래, 감각 중에서도 청각이 마지막까지 남아 있대. 어머니가 귀는 어두워지셨지만, 지금이야 뭐 신체적인 감각으로 듣는 게 아닐 테니까 지금부터 우리 어머니께 좋은 얘기만 하자."

나도 조용히 말을 보탰다.

어머니의 육신과
이별하다

임종하시기 전날 하루는 길고 길었다. 별로 해야 할 일이 없었기 때문에 우리 모두는 끝없는 기다림 속에 갇혀 있는 듯했다. 모두가 조용히 움직이며 어머니 주위를 맴돌았다. 입이 마르지나 않을까, 눈가가 지저분하지나 않을까를 세심히 살피며 물수건을 계속 대 드리고 닦아 드렸다.

어둠이 내리자 우리는 집 안을 더욱 환하게 밝혔다. 성규 내외, 연자, 나 그리고 며칠 전부터 양평에 내려와 계시던 고모, 어머니와 가장 가까운 사람들은 언제라도 닥칠 어머니와의 작별을 각자 마음속에서 준비하고 있었다.

"한 번이라도 정신이 돌아오셔서 작별인사라도 하고 가실 일이지."

동생은 안타깝게 어머니의 얼굴을 쓰다듬으며 목이 메었다.

"어머니는 이미 우리 모두에게 오랜 시간을 두고 작별인사를 하신 거야. 특히 너에게는 매일 잘 있으라고 하셨잖아. 그리고 우리 모두 재미있게 파티하던 날, 우리가 어머니 환송회를 해 드린 거야."

동생을 조금이라도 위로하고 싶은 마음에 내가 말했다. 자정이 가까워지자 다른 식구들은 좀 쉬게 하고 우리 3남매만 어머니 옆을 지켰다. 포도주 잔을 기울이며 여러 가지 얘기를 하다 보니 꼭 어머니도 같이 듣고 대답하실 것 같은 생각이 들었다. 우리는 연신 "어머니, 그때 생각나시죠?" 하면서 어떤 대목에 가서는 웃기까지 했다.

"어머니가 미국에 있는 아이들 도착하기를 기다리시나 봐. 어머니, 그렇죠? 그래, 치규는 내일 아침에, 명자는 오후에 도착한다고 했어요. 성미만 좀 머니까 시간이 걸리겠지만 다들 올 때까지 버틸 수 있으시죠?"

내가 어머니의 손을 꼭 잡으며 물었다. 어머니는 여전히 고른 숨소리로만 답하실 뿐이었다. 어느덧 시간은 새벽 네 시에

와 있었다.

"어머니, 우리가 모두 여기 어머니 옆에서 잠깐 눈 좀 붙여도 되겠지요? 우리 잠든 사이에 가시면 안 돼요."

우리는 다음 날을 위해 잠깐이라도 쉬기로 했다. 모두들 몹시 피곤했던지 눈을 붙였다 떼었다고 생각했는데 이미 한 시간 반이 지나 있었다. 나는 깜짝 놀라 일어나 어머니를 살폈다. 숨이 고르지 않고 아주 약하게 느껴졌다. 두 동생과 다른 식구들도 다 깨서 모였다. "아직 계시지?" 하면서 우리는 어머니 얼굴을 닦아 드리고 몸을 살폈다. 손은 따뜻한 온기가 돌았고 발은 이미 차가웠다. 어머니 등 밑으로 손을 넣어 보고 나는 깜짝 놀랐다. 등 밑이 유난히 뜨거워서였다. '몸에 남아 있는 에너지를 다 태우시나?' 생각하는데 바로 그때였다.

"아, 어머니…."

누구랄 것도 없이 우리는 동시에 소리쳤다. 우리 모두가 지켜보는 가운데 어머니가 조용히 내쉰 숨을 마지막으로 들숨을 잇지 못하셨다. 만 이틀을 옆에서 지켜보던 식구들이 보고 있는 가운데 어머니는 우리를 떠나셨다. 너무도 조용해서 잠시 자리를 비웠거나 옆에서라도 깜빡 잠이 들었더라면 그냥 모르고 지나칠 정도였다. 2003년 10월 25일 토요일, 아침 다섯 시 반이 좀 지난 시각이었다.

아주머니가 울음을 터뜨려서 내가 얼른 데리고 나갔다. 우리는 모두 어머니 주위에서 어머니의 몸을 어루만지며 잠시나마 각자가 속으로 마지막 인사를 했다. '천주의 성모마리아여, 이제와 저희 죽을 때 저희 죄인을 위하여 빌어 주소서.' 나는 계속 마음으로 성모경의 끝부분을 반복하고 있었다. '이제 아주 우리를 떠나시는구나. 이렇게 쉽게 소리 없이 가시는구나.' 아무리 준비된 이별이었지만 속절없이 허망하고 현실감이 없었다. 그러나 내 가슴을 꽉 메우고 있던 그때의 감정은 분명 슬픔이나 아픔만은 아니었다.

지난 몇 년 동안 줄곧 어머니가 몸집이 점점 작아지고 주름투성이의 노인이 되어 기운 없이 사는 것을 지루해 하시는 것을 볼 때, 그 똑똑하고 유능하고 에너지 넘치던 한 인간이 속절없이 무능하고 마음이 약하게 된 모습을 볼 때 느낀 감정이 분명 더 큰 슬픔이었다. 또 '어머니가 너무 오래 사시는구나.' 하고 남도 아닌 자식이 어머니를 저 세상으로 모시는 것을 내 인생에서 남은 마지막 숙제같이 여겨졌을 때 내가 느낀 감정이 더 큰 아픔이었다.

전날에 이미 병원 영안실에 연락을 해 놓았기 때문에 전화만 걸면 구급차가 오기로 되어 있었다. 동생은 모든 절차를 천천히 진행하기를 원했다. 우선 어머니의 몸을 우리가 마지막으로 깨끗이 닦고 준비해 놓았던 옷을 갈아입혔다. 머리도 빗기고 얼굴과 손에 로션까지 발라서 편안한 자세로 눕혀 드렸다. 어머니는 그냥 주무시는 것같이 평화로워 보였다.

"인제 뭐 좀 더 해 드릴 것 없나?"

성규는 미진한 마음 때문에 어쩔 줄 몰라 했다.

모든 것을 다시 점검하고 망사로 된 미사포로 얼굴을 덮어 드리니 아련히 비치는 어머니의 얼굴에서 젊은 시절의 예쁜 모습이 보이는 듯했다. 이제 어머니는 집 떠나실 준비가 다 되셨다. 그러나 동생은 아직도 마음의 준비가 덜 된 듯했다.

"아직 시간도 이르니 좀 더 같이 있지. 이제 집을 아주 떠나시는 건데….."

모두 어머니 곁에 앉아서 각자 어머니와 지냈던 시간의 편린을 머릿속으로 맞춰 보고 있었다. 깨끗한 흰 옷을 입고 꽃에 둘러싸여 누워 계신 어머니의 모습을 보니 나는 문득 백설 공주가 생각났다. 공주가 독 사과를 먹고 죽었을 때 난쟁이들이 침대 가장자리에서 슬퍼하는 장면이 떠올랐다. 한동안 그렇게도 줄어들어 조그맣던 어머니가 옛날 우리가 어른으로 의지하고 살던 어머니의 크기로 환원되고 우리가 백설공주의 난쟁이들처럼 어머니의 아이들로 돌아가 있다는 생각이 들었다. 어머니는 진정 우리에게 어른의 모습으로 떠나시고 싶으셨을 것이다.

여덟 시가 넘어서야 동생은 병원에 전화를 했다.

어머니를
보내는 길

　동생은 어머니를 모시고 병원으로 떠나고 우리는 각자가 집으로 가서 삼일장을 치를 준비를 해서 병원에 모이기로 했다. 여러 날 만에 집으로 가는 길이었다. 아름다운 가을날 강물 색이 더없이 고왔다. '어쩌면 이렇게도 아름다운 계절을 기다리서서 떠나셨을까? 질척하고 무더운 장마철이나 엄동설한에 가실 수도 있었을 텐데.'

　그날 청명한 날씨는 어머니가 이 세상에서 마지막으로 받으신 하느님의 상인 듯싶었다.

　장례식장에 놓인 어머니의 영정은 특별했다. 팔순이 막 되섰을 때 찍으신 스냅 사진인데 어머니가 좋아하셨고 나중에 영정사진으로 써 달라고 성규에게 미리 말해 놓으신 사진이었다. 어떤 계기에 찍은 사진인지 잘 생각이 나지 않지만 배경에는 노란 개나리가 활짝 피어 있고, 사진 가운데에 잘 손질된 머리를 한 어머니가 행복한 표정을 짓고 계셨다. 블라우스와 재킷의 가벼운 봄차림으로 숄더백을 걸친 멋있는 모습이었다. 봄나들이를 나오셨거나 더 먼 곳에 가벼운 마음으로 여행이라도 떠나시려는 분위기였다. 일반적인 영정사진과 비교하면 다소 파격적이었지만 어머니와 잘 어울렸다. 동생이 영안실 사무실에 사진틀을 부탁했더니 그곳에서는 우리가 사진을 준비 못 해서 그런 것을 가져온 줄로 착각했던 모양이었다.

"걱정 마세요. 이런 사진도 얼굴 부분만 확대해서 얼마든지 영정사진으로 만들어 드릴 수 있으니까요."

깜짝 놀란 동생은 그대로 쓰는 것이라고 말했고 사진관에서는 영 믿지 못하겠는지 끝까지 고개를 갸우뚱거렸다고 한다. 꽃 틀 장식을 마치고 장례식장 단상에 안치하고서야 멋진 사진이라고 우리는 감탄했다. 장례식 내내 어머니의 행복한 모습과 마주할 수 있어서 마음이 좋았다.

30여 년 전 아버지가 갑자기 돌아가셨을 때 아버지의 병구

완을 하고 임종을 지킨 자식은 셋째 딸 연자 내외와 막 제대하고 집에 돌아와 있던 대학생 성규뿐이었다. 어머니가 떠나실 때도 자식들 사정은 크게 다르지 않았다. 큰아들과 막내딸, 그리고 둘째 딸은 미국에 살고 있었다. 결국 한국에 있는 셋만 어머니의 말년을 지켜 드릴 수 있었다. 누구보다도 오랜 세월을 한집에서 살았을 뿐 아니라 어머니를 사랑하는 마음이 다른 자식과는 비교가 안 되는 어머니의 진짜 자식은 막내아들 하나였고, 많은 딸 중에서는 그래도 항상 물리적으로 가장 가까이 살면서 무슨 일이 있으면 먼저 달려갈 수 있었던 셋째 딸만이 자식 노릇을 한 것이리라. 남편이 너무 잘하니까 사실상 별로 할 일이 없다고 늘 버릇처럼 말하는 올케도 마음고생이 많았을 것이다. 나는 효자 남편을 둔 아내가 얼마나 힘든지 너무도 잘 알기 때문에 더욱 올케에게 미안했다. 더구나 그 똑똑한 시어머니와 누가 뭐래도 보통은 넘는 극성스러운 손위 시누이들이 넷이나 있었으니 아무리 잘해 준다 해도 그들의 존재만으로도 어려운 시집살이란 말을 할 만하지 않겠는가.

미국 서부에서 출발한 장남과 막내딸은 그날 오전과 오후에 각각 도착했다. 그래도 입관식 전에 어머니의 모습을 마지막으로 볼 수 있었고, 동부에서 오는 둘째 딸은 다음 날에야 도착해 발인에 참여했다. 다행히 우리 6남매가 다 모여서 어머니의 마지막 가시는 길을 지켜봐 드릴 수 있었다.

우리나라의 한 세기 역사에 참여하고 증거한 여성 지성인 서경남, 아이들을 낳아 열심히 교육시키고 반듯한 인간을 만드는 것을 최고의 덕목으로 삼았던 우리 어머니가 천수를 누리시고 우리 6남매의 전송을 받으며 이 세상을 떠나신 모습은 누구에게나 부러움을 살 정도로 아름다운 장면이었다. 앞으로 우리 중 어느 누구도 이런 자식 풍년의 호사는 바랄 수 없을 것이기에 더욱 그런 생각이 들었다.

어머니는
죽지 않는다

작가 최인호는 『어머니는 죽지 않는다』라는 책에서 어머니의 존재와 인간조건을 실감 있게 보여 준다. 그는 이 땅의 모든 나이 든 아들딸과 나이 들어 돌아가실 때에 다다른 어머니 사이에 작용하는 심리적 역학관계를 생생하게 묘사했다. 이 책의 내용은 누가 읽어도 바로 우리 어머니의 얘기이며 동시에 나의 얘기이다.

노인 어머니의 '단수 높은' 요구 표현과 '교활한' 관심 끌기 방법, 어이없는 보챔이 알고 보니 인간적 외로움을 호소하는 절규였음을 어머니가 떠나신 후에야 진정으로 깨닫는 자식들.

가슴을 치며 회한에 젖는 자식의 심정은 인간이라면 누구나 공감하게 된다. 어머니가 살아 계신 동안 후회 없이 잘하려고 아무리 노력해도 마음같이 되지 않는 것이 또 어쩔 수 없는 자식이다. 결국 이 땅의 모든 어머니는 죽은 다음에야 겨우 효자를 얻게 된다는 말인가. 이 땅의 모든 자식들은 부모가 돌아가신 후에야 효성이 발동된다는 것인가. 마음으로만, 더 나쁘게 말하자면 말로만 효도를 하는 것은 부모가 돌아가신 후에도 얼마든지 할 수 있다. 그때는 자기희생의 노력이나 비용이 들지 않기 때문이다. 그러므로 자식의 효도란 부모가 살아 계실 때 실제 한 행위만 점수를 줘야 하지 않을까.

여기서는 나의 성적표도 별로 내세울 것이 못 된다. 어머니가 가신 후 여러 가지 회한에 사로잡혀 있지만 무엇보다도 어머니를 하나의 인간으로, 하나의 여자로 이해하려 해 본 적이 없다는 것을 이제야 깨닫는다. 어려서나 젊어서는 가족 안에서의 '어머니'의 책무나 역할에 대한 고정관념에 얽매어 어머니가 늘 자식들에게 좀 더 잘해 주지 않는 것이 불만이었다.

우리 어머니가 다른 사람의 엄마와 다른 것이 늘 속상했다. 무조건 자식을 감싸 주는 엄마, 별것도 아닌 일에도 칭찬을 아끼지 않는 엄마, 언제나 따뜻하게 안길 수 있는 엄마, 끝없는 참을성과 희생정신을 보여 주는 엄마가 아니라서 섭섭했다. 어려서부터 응석은커녕 어머니의 기대, 그것도 아주 높은 기대에 미치지 못할까 전전긍긍했고 다른 집에서라면 흔해 빠진 작은 칭찬이라도 들어 보려고 어지간히 노력했다. 사춘기를 지나 한 여자로 성장하는 과정에서도 어머니가 어려워서 단 한 번도 속마음을 털어놓은 적이 없었다.

그러면서도 나 자신도 어머니와 크게 다르지 않음을 잘 안다. 어머니가 늙고 약해지셨을 때 자식으로서의 의무감에서 형식적으로 물질적으로 어머니를 돌보았다. 내가 맏딸이기 때문에 동생들에게 협조를 얻기 위해서 좀 더 잘하려고 노력한 것이지, 과연 내가 어머니를 향한 따뜻한 사랑이 얼마나 있었을까, 하는 생각을 떨쳐 버리지 못하겠다.

어머니를 모시고 끝까지 돌봐 드린 막냇동생의 정성은 우리 형제 모두에게 진한 감동을 주었다. 일생을 어머니와 한집에서 살면서 어머니의 독선에 가까운 자기주장과 강한 성격 때문에 그도 젊은 시절에는 어머니와 무척이나 시끄럽게 다투었다. 그도 어머니를 닮아 보통 강한 성격이 아니었기에 우리는 과연 그가 어머니를 한집에서 끝까지 모실 수 있을까 염려했다.

그러던 그가 기가 빠지고 약해지신 어머니를 무조건 감싸고 어머니의 모든 것을 포용했다. 놀라운 변화였다. 그것이 바로 다른 자식들과는 격이나 수준이 다른 어머니에 대한 향심(向心)이라고 생각한다. 그것은 자식이 어머니를 향한 사랑일 수도 있고 무기력해진 한 인간에 대한 진정한 측은지심일 수도 있다. 또는 인생의 덧없음을 깨닫고 어머니를 통해 순응하는 그 나름대로의 방법일 수도 있다. 어쨌든 그가 어머니께 보인 정성으로 어머니의 말년에 우리가 나눈 형제간의 교감과 결속감은 우리를 다시 어머니의 아이들로, 그것도 철이 나고 순화된 아이들로 돌아가게 하는 힘이 되었다. 그것이야말로 우리 형제 모두에게 크나큰 축복이다.

어머니의
유품 정리

　어머니의 유품 정리는 모두 올케에게 맡겼다. 딸들이 관여하지 않는 것이 일을 쉽게 하는 데 도움이 될 거라는 생각 때문이었다.

　일생 동안 한 번도 여유 있게 돈을 써 보시지 못했던 어머니는 비싼 물건이나 보석은 가질 생각도 못 했다. 그래서 그랬는지, 노인이 되신 후에도 자질구레한 물건을 늘 갖고 싶어 하셨다.

　어머니가 좋아서 갖고 계시던 물건들이 주인을 잃고 나니 갑자기 아무도 원치 않는 하찮은 잡동사니 같아 보였다. 그래도 어머니에게는 특별한 의미나 추억이 있을 법한 반지, 브로치, 시계 등이 포함된 한 줌의 어머니 유품을 올케가 내놓으며 딸들에게 기념될 만한 것으로 각자 골라 보라고 했을 때 어머니가 왜 이런 물건을 애지중지했을까, 가끔 꺼내 보고는 또 뭐가 없어졌다고 딸들에게 전화로 하소연할 정도로 어머니에게는 의미가 있었을까, 하는 생각이 드니 가슴이 쓰렸다.

딸이 넷이나 되니 이것저것 필요한 건 다 사다 드렸다. 그래도 어머니는 우리 집에 오셔서 눈에 띄는 예쁜 접시나 화병, 스카프나 테이블보 같은 소품을 보시면 탐을 내셨다. "얘, 이거 어디서 샀니? 얼마 줬니?" 하시면서 갖고 싶어 하셨다. 대부분의 경우 "그렇게 좋으면 어머니 가지세요." 하거나 내가 긴요하게 쓰고 있는 물건이면 "똑같은 것으로 사다 드릴게요."라고 하면서도 어머니가 이해되지 않았다.

생에 대한 의욕은 살아가는 데에 필요한 여러 가지 물질에 대한 욕망과 뗄 수 없는 관계가 있는 것이 분명하다. 무엇이나 욕심을 내어 '우선 갖고 보자'는 심리가 작용하는 것인 듯싶다. 노인이 물질적인 욕심을 내는 것이 어찌 보면 지극히 당연한 자기 보호의 순리일지도 모르는데 우리는 이것을 '노탐'이라고 추하게 여긴다. 노년에 이성적 변별력이 약해지고 자기 생존에 필요한 것만을 확보하려는 의지가 일반적인 물욕과 결합되는 게 아닐까.

어머니가 누워 계신 동안 내가 어쩌다가 어머니가 필요하다는 물건을 찾으려고 문갑이나 옷장 서랍을 열어 보게 될 때마다 속이 상했다. 언제 누가 사 드렸는지도 모르는 새 스카프, 손수건, 새 핸드백, 구두가 가득했다. 또 한편으로는 유통 기한이 다 되어 가는 크림이니 로션, 각종 비타민도 잔뜩 있었다.

"어머니, 정말 천년을 사실 거예요? 이런 게 인제 왜 필요해요? 어머니 뵈러 오시는 분들에게 다 나누어 주세요."

나는 있는 대로 신경질을 부리며 다 꺼내 놓았다.

"애, 사람이 어떻게 달랑 지금 쓰는 것만 가지고 사니? 그래도 여벌을 비축해 놓아야 안심이지. 또 아니, 내가 나아서 외출을 하게 될지."

참으로 어처구니가 없었다. 그렇지만 내가 나가기가 무섭게 그 물건들의 대부분이 장 속으로 다시 들어갈 것이라는 것을 알기에 그냥 단념하는 수밖에 없었다.

어려웠던 시대에 많은 식구를 거느리고 살면서 어머니의 일상에서 내일의 생존을 위한 물질을 비축하는 것이 제일 중요한 일이었을 것이다. '무엇을 먹을까. 무엇을 입을까, 걱정하지 마라… 내일을 위하여 염려하지 말라. 오늘의 걱정은 오늘에 족하니라.' 이런 성경 구절은 어머니에겐 별다른 의미조차 없었을 것이다.

"내가 벌어서 내 손으로 모아 비축해야만 내 식구 입으로 밥이 들어갈 수 있지. 가만히 앉아 있으면 하늘에서 밥이 떨어지냐, 옷이 떨어지냐?"

어머니가 생전에 입버릇처럼 하시던 말씀이었다. 어머니의 이런 실리적이고 현실적인 마음가짐 때문에 우리가 별 어려움 없이 자랐고 교육도 제대로 받았다는 것을 너무도 잘 알고 있다. 어머니의 알뜰정신이 우리 집안의 오늘을 만든 것은 사실이다.

그렇지만 어머니가 돌아가실 때가 다 되어서까지 그런 잡동사니를 움켜쥐고 놓지 못하신 것은 안타까웠다. 하찮은 물건에 의미를 부여하거나 한 조각의 추억과 연결시키는 것조차 부질없다는 생각을 어머니가 끝까지 깨닫지 못한 것이 가여웠다.

내가 어머니께 사 드렸던 시계와 반지를 하나 집어 오면서 나는 속으로 '나도 또 부질없는 짓을 하고 있구나. 나에게는 필요도 없는 물건일 텐데. 어머니의 손길이 묻었다는 것이 무슨 의미가 있겠는가.' 하는 생각을 떨치지 못했다.

　나도 이미 주변 정리를 해서 쓸데없는 물건은 다 털어 버리고 가볍게 사는 것을 생활신조로 삼고 살아가는 나이가 되었거늘.

모든 어머니는
딸을 통해 복제되는가

어머니가 살아 계실 때도 이미 네 딸들은 노년기에 들어서 있었다. 어머니가 돌아가신 후에는 우리가 가족 중에서 나이 로는 최일선에 서 있다는 사실을 새삼 깨닫게 된다.

더구나 6남매의 맏이인 나는 더욱 그렇다. 거울 속에 비치 는 내 얼굴에서 늙으신 어머니의 모습이 확실히 보일 때 깜짝 놀라곤 한다.

우리 형제들은 자라면서 누구는 아버지를, 누구는 어머니 를 닮았다는 말을 들었다. 그땐 우리도 그 말에 공감을 했는 데 이제 와서 보니 그게 아니었다. 네 딸들이 다 어머니를 많이 닮아 있었다. 자매들끼리 서로의 모습이나 말투에서 어머니를 많이 느끼게 될 때는 신기하기까지 하다.

모든 어머니는 딸을 통해서 복제되는 것인가. 아니면 당신 자신이 이 세상에 더 이상 존재하지 않게 되면 우리를 통해 밖으로 표출되시는 걸까.

우리 아이들이 가끔 "아휴, 할머니가 전에 그런 말을 하실 때 질색을 하시더니 엄마도 똑같은 말씀을 하시네. 이제 보니 엄마는 할머니하고 정말 똑같아."라는 말을 할 때 기분이 묘해진다. '닮는다'는 것이 이렇게도 엄연한 자연의 섭리라는 사실이 무섭다.

부모로부터 유전자를 받는 것은 자신의 의지와는 무관한 것이다. 부모의 좋은 점만을 골라서 하나의 보따리를 만들어 가질 수만 있다면 얼마나 좋을까. 그런데 우리는 자기의 좋은 점은 원래 자기 것이고 마음에 들지 않고 싫은 것은 부모로부터 물려받은 것이라고 생각하기가 쉽다. 원래 자기 것은 아무것도 없다는 과학적 진리를 쉽게 잊어버리는 것이 인간의 어리석음이다.

나는 평소에 우리 어머니에게서 닮지 않았으면 하고 바라는 점이나 절대로 닮지 않으려고 노력하는 점을 다른 사람이

나에게서 쉽게 발견하고 지적할 때 속으로 상당히 거북살스 럽다.

어머니가 한 인간으로서 가졌던 많은 장점들, 특히 이성적 인 사고, 자존심, 책임감, 어떤 경우에도 좌절하지 않고 대책 을 세우고 밀고 나가는 용기 등은 우리 형제 모두가 어느 정 도는 닮고 또 보고 배웠다. 그 덕분에 이 어려운 세상에서 제 대로 사람 구실을 하고 살아온 것이리라.

한편 너무 경우가 밝고 공정했기 때문에 한 번도 자식이라 고 봐주거나 편들어 주는 일이 없는 무서운 엄마, 잘한 것은 너무 당연해서 말할 것도 없고 늘 잘못한 것에 대해서만 지적 하는 엄마, 어쩔 수 없는 환경을 자존심 때문에 잘 이겨 내면 서도 늘 불평하던 엄마, 많은 것에서 남을 탓하는 불행한 엄 마의 모습은 내가 절대로 닮고 싶지 않았던 부분들이다. 그런 데 그런 요소들이 나의 부단한 노력에도 불구하고 다른 사람 에게, 특히 내 자식들의 눈에 확연히 보일 때가 있다는 사실 에서 나는 숙명적인 무기력마저 느꼈다.

나의 많은 부분이 우리 어머니라는 사실을 수용하고 나서 야 내 안에 있는 어머니의 존재를 나는 더 확실히 이해하게 되었다. 또 내 안에 있는 어머니와 계속 대화하고 타협하는 것이 내 자신과 대화하고 타협하는 것이고, 그 방법을 통해 내 자신을 성찰하고 나를 다스리게 된다는 생각을 하게 되면서 우리 어머니는 어쩔 수 없는 내 삶의 교사가 되신 것이다.

비록 정면보다는 반면교사의 역할을 더 많이 하셨다고 하더라도 배우고 받아들이고, 또 끝없는 정진을 해야 하는 것은 어디까지나 학생인 나의 몫으로 남는 일이 아니겠는가.

II
신여성,
우리 어머니

"돌이켜 보면 원산에서 살았던 2년이 그래도 내 생애에서 제일 아름다운 장면이 많아. 내가 거기 있는 동안 할머니를 오시라고 해서 명사십리 해변이랑 해당화, 해송숲을 구경시켜 드리고 싶었는데, 그때는 다니는 게 왜 그렇게 어려웠는지…"

할머니를 왜
신여성이라고 불러요?

"엄마, 할머니를 왜 신여성이라고 불러요? 신여성이 무슨 뜻이에요?"

큰 아이가 중학생이었을 때 '신여성'이라는 단어가 이상하다는 듯이 물었다. 아마 무슨 얘기 중 신여성이라는 말이 나왔던 것 같다. 우리는 당연히 알고 있는 말이지만 신여성의 손자뻘되는 '신세대'들에게는 낯선 단어였다는 것에 나는 적잖이 놀랐다.

20세기 초, 우리나라 개화기는 그야말로 엄청난 변화의 소용돌이였다. 경제, 사회, 정치적 변화 속에서 여성들의 인식이 바뀐 건 당연한 일이었다. 역사상 처음으로 여성에게도 교육을 받을 기회가 생겼다. 제한적이었지만 소수의 여성들에게는 사회활동 참여의 길도 열렸다. 그야말로 극소수였지만 고등교육이나 해외 유학의 기회까지 주어진 여성들도 있었다.

아녀자란 모름지기 삼종지도(三從之道)를 몸에 익히고 집안 살림을 알뜰하게 보살피며 무엇보다도 시댁의 대통을 이을 아들을 '생산'하는 것이 부덕의 기본으로 받아들이던 시대였다. 좀 똑똑하다면 언문 정도 깨쳐서 집안 간의 서찰이나 주고받거나 대소가의 제삿날이나 어른들의 생신을 챙겨 적을 정도면 족했다. 그릇 한 죽(10개)을 셀 수 있는 정도의 수 개념만 있어도 생활에 아무 불편이 없다고 믿었던 시대였다. 여자들의 지적 능력으로는 그 이상은 알 수도 없다는 것, 아니 알 필요가 없다는 것이 조선시대를 통해 내려온 사회통념이었다.

개화기 이전에도 선각자들의 집안에서 딸들도 아들 못지 않게 교육을 시킨 예가 있다. 일찍부터 외국의 문물을 익히고 경제력이 있었던 역관 계급이나 기독교를 통해 서양사회의 동정에 접할 기회가 있어서 신식 학문의 세계를 알고 있었던 사람들, 기독교의 기본 정신인 인간평등을 인정했던 소수의 양반들이 딸들에게도 똑같은 교육을 시켜야 한다고 생각한 사람들이었다. 아주 극소수의 얘기일 뿐이다. 20세기에 들어와서도 전통적인 법도를 따지는 양반가문에서는 아무리 경제력이 있어도 과년한 딸을 밖으로 내돌리는 것은 점잖은 댁과의 혼삿길을 막는 일이라 여겨서 절대로 해서는 안 되는 일로 알고 있었다. 한두 살 어린 남자와 결혼적령기인 15, 16세 정도에 결혼하는 것이 보통이었다. 여학교를 졸업하면 이미 17세나 18세의 '노처녀'가 되어 버렸다.

남자들은 결혼 후에도 도시에 있는 고등학교로 유학을 하거나 일본이나 다른 외국에 가서 공부를 계속할 수도 있었다. 아들이 공부하는 동안 며느리는 시어른들을 모시며 살았다. 남편이 방학 때 어쩌다 집에 오면 남편의 '씨받이'가 되어 후사를 도모하게 했다. 남편의 집안에서 보면 시부모를 봉양할 노동력이 생겼고 가문의 대를 이을 사람이 들어온 셈이었다.

여학교를 졸업하면 혼기를 놓치는 것도 문제였지만 자신보다 공부를 많이 한 여자를 배필로 삼는 것이 사회적 웃음거리가 되기 십상이었다. 고등교육을 받은 여자들은 결혼조건에서 이중으로 불이익을 당했다.

'신여성(新女性)', '새로운 여자들', 그때까지는 존재하지 않았기에 보지도 못했고 또 상상도 못 했던 부류의 여자들이다. '고등교육을 받고 사회활동을 하는 여자들'이 바로 그들이다. 신여성들은 몇 단계의 지적, 사회적 조건을 거친 우수한 사람들이었고 그들 스스로도 시대의 선구자라는 사명감을 가지고 있었다. 웬만한 남자들보다 더 능력 있는 사람들이 많았다. 하지만 남성 중심의 사회를 뚫고 들어가서 공정한 경쟁을 할 생각은 애초에 할 수 없었다. 많은 남자들은 여자들과 경쟁하고 사회생활을 함께해야 한다는 생각만으로도 체면이 깎인다는 생각을 가지고 있었다.

더구나 '신여성'이라는 이름이 당시에는 반드시 좋은 의미로만 쓰였던 것은 아니다. '암탉이 울면 집안만 시끄럽지, 여자가 똑똑하면 집안에 무슨 도움이 되겠어.' , '고등교육을 받았다고 여자의 역할이 달라지나?' 신여성이란 말에는 '별종의 여자들'에 대한 야유나 비아냥이 담겨 있었다. 대부분의 '보통 여자들'은 신여성을 선망의 눈으로 바라보기도 했고 때론 질투의 대상으로 여겼다.

과감한 자기표현, 파격적인 생활태도나 연애관, 전통윤리나 관습에 도전하는 신여성 예술가들도 있었다. 그들은 당시 사회규범으로는 절대로 용납될 수 없는 것들로 충격을 주었기 때문에 사람들은 신여성 집단을 곱지 않은 시선으로 바라보았다. 그들의 행동거지는 사회적 관심을 끌거나 심심치 않은 얘깃거리가 되기도 했다. 화가 나혜석, 성악가 윤심덕, 무용가 최승희 같은 유명한 여류 선구자들의 기구하고 짧았던 일생. 찬란한 불꽃같이 잠시 타오르다 사그라든 예술가들의 혼에 대해 지금 와서는 누구나 그들이 시대를 잘못 만났음을 안타까워하고 그들의 재주를 아까워한다. 그러나 당시 사회여론은 '분수 없이 날뛰는 여자들의 당연한 귀결'로 간주했던 것이 대세였다.

우리 어머니같이 사범학교에 가서 교사가 되는 것은 신여성의 무난하고 수수한 길이었다. 사회규범이나 시대적인 상식에 조금도 거슬림이 없이, '튀는 행동'이라고는 해 볼 용기도 없는 순하고 밋밋한 여자들이 사회 진출을 할 수 있는 거의 유일한 방법이었다. 좀 더 진취적인 생각을 가졌던 아주 극소수의 여학생들이 일본에 가서 의학전문학교를 졸업하고 의사가 되기도 했다. 우리 어머니의 친구 중에 동경여자의학전문학교(東京女醫專)를 졸업하신 분도 있었다. 여자 의사들은 대개 외간 남자들에게 벗은 몸을 보일 수 없었던 여자들이 주고객인 내과나 산부인과, 소아과 의사가 되었다. 어머니 친구 분 중에도 의사가 있었는데 흰 가운을 입고 청진기를 목에 건 그 모습이 멋져 보여서 어린 시절 나의 동경의 대상이었다. 안경을 쓴 모습까지도 근사하게 보였다.

어머니가 유학한 나라(奈良)여자사범학교는 일본에서 동경여자고등사범학교와 쌍벽을 이루는 명문 사범학교이다. 전교생 모두가 장학생이었고 졸업만 하면 여러 학교에서 모셔 갈 정도로 대접을 받았다. 전국에서 우수한 여학생들이 몰리는 것은 당연했다.

'신여성'이란 말은 해방 후 법적으로나마 남녀평등권이 보장되고 자녀교육에 대한 부모들의 성차별이 없어지게 된 후에는 슬그머니 사라져 버렸다. 1930~1940년대에 젊은 시절을 산 우리 어머니 세대의 여자들에게만 해당되는 이름이었으니까 그들의 손자세대가 알지 못하는 것도 당연했다. 겨우 한 세기 전 우리나라 여성들이 겪은 사회적 차별에 대해 알게 된 큰아이는 흥미롭고 신기한 옛날 얘기를 듣는 것처럼 여러 가지 질문을 했다.

"그때 또 신여성을 부르는 재미있는 이름이 있었단다. 일본 사람들은 외래어를 만들어 쓰는 버릇이 옛날부터 있었어. 그래서 신여성을 일본식 영어발음으로 '모단 가루'(Modern girl)라고도 했는데, 그걸 줄여서 '모가'라는 말도 썼단다. 말도 안 되지?"

큰아이는 한참 웃더니 "그런데 예나 지금이나 공부 잘하는 여자애들은 대개 좀 못생겼잖아요? 혹시 '모가'가 아니고 '모과'라고 한 거 아닐까요? 그치만 할머니는 젊어서 아주 예쁘셨던 것 같은데…." 하고 엉뚱한 말을 하는 게 아닌가?

21세기를 살아갈 아이, 더구나 어려서부터 평등사상을 가정에서 배운 우리 큰아이가 농담으로 한 그 말 안에도 성차별의 뿌리가 엿보이는 듯했다. '할머니를 왜 신여성이라고 불러요?'라는 큰아이의 질문을 받고 어머니의 '신여성 시절'을 상상해 보았다. 변화의 시대를 당당하게 살아오신 젊고 아름다웠던 어머니를.

조선왕실의 장학금을 받아
일본 유학을 가다

어머니는 1912년생이다. 그해 2월 청나라가 멸망하고 중화
민국이 설립되었고, 우리나라는 일본에 의한 식민통치가 가속
화되고 있었다. 어머니가 5년제였던 소학교와 5년제였던 숙명
고등여학교를 졸업한 것이 1930년이었다. 18세의 똑똑하고 꿈
많던 한 여성은 무한한 상상력으로 앞날을 그려 보았지만 식
민지 조국의 현실에서는 한 발짝도 앞으로 나갈 길이 보이지
않았다. 그런데 숙명고등여학교 5학년 때 뜻밖의 행운이 찾아
왔고 어머니는 그것을 놓치지 않았다.

"경남아, 만약에 네가 일본에 유학할 수 있는 장학금을 받는

다면 너희 부모님이 유학을 허락하실까?"

일본 유학이라니. 더 큰 꿈을 펼치고 싶었던 어머니에겐 더 없는 기회였다. 아무리 좋은 장학금을 주어도 과년한 딸을 선뜻 외국으로 보내려는 부모가 많지 않다는 것을 어머니도 잘 알고 있었지만 꿈을 포기할 수는 없었다. 어머니는 그 자리에서 '물론입니다.'라고 대답했다. 다음 날 어머니는 외할아버지의 유학동의서를 학교에 갖다 냈고, 숙명학원의 창립자인 고종황제의 계비(순헌황후 엄씨)가 내린 장학금의 수혜자가 되었다.

우리 외할아버지 서정희(徐廷禧)는 일찌감치 개화사상에 동참하신 분이다. 양반댁 자제들이 다 그랬던 것처럼 어려서는 한학을 공부하셨다. 청년 시절에는 우리나라의 독립을 위해서 국제사회 정세를 알아야 한다는 생각에 역관양성 학교인 관립영어학교를 졸업하셨다. 역사의 흐름과 변화를 읽어 내는 안목을 가졌던 분으로 젊어서는 사회운동을 하셨다. 주로 호남지역 곡창지대에서 열악한 소작인들의 권익을 위한 노동운동에 앞장서셨다. 자연히 집을 비우시는 때가 많았고 감옥에도 여러 번 들락날락하셨다. 본인의 고초는 말할 것도 없었겠지만 가족들도 정신적으로나 경제적으로 어려움이 많았다.

우리 외할아버지는 4남 4녀를 두셨다. 외할아버지 얘기를 할 때면 그런 환경에서 언제 그렇게 많은 자녀를 '생산'할 시간이 있었을까, 하고 우리는 웃곤 했다. 우리 할아버지는 다른 일에서와 같이 이 분야에서도 매우 정열적이고 효율적이셔서 8남매나 되는 자식을 두셨다.

할아버지는 능력과 의지만 있다면 아들은 물론 딸들에게도 최고 수준의 교육을 받게 하는 게 가장 중요하다고 생각하신 분이다. 딸들은 어머니 위로 언니가 둘, 그리고 동생이 하나 있었다. 큰이모는 관립학교였던 경기고등여학교에 입학했다. 둘째 딸부터는 할아버지가 챙겨서 셋 모두 민족사학인 숙명고녀(숙명고등여학교)를 졸업했다.

어머니는 공부뿐 아니라 다른 재주도 많아 어려서부터 외할아버지가 특히 예뻐하셨다. 최고 학부까지 뒷바라지할 궁리를 하고 계시던 차에 장학금 소식을 받고 아주 기뻐하셨다. 더구나 그 장학금이 조선왕실에서 '하사'하신 것을 알고 감격하셨다. 해방 후 제헌국회의원 등 정치인으로 활약하셨던 할아버지는 한국전쟁 중 납북되셨다. 납북 당시 76세였고, 그 후 생사를 확인할 수 없다.

멀고 먼 길,
나라(奈良)까지

1930년 경성에서 나라(奈良)까지는 멀고 먼 길이었다.

경부선 기차를 타고 하루 종일 가면 부산에 닿는다. 부산에서 시모노세키(下關)까지 가는 관부연락선을 타고 밤새도록 가면 일본 땅에 발을 딛는다. 시모노세키에서 기차를 타고 교토(京都)까지 가서 다시 나라까지 가는 기차를 갈아타야만 했다. 잘하면 이틀, 연결이 잘 안 되면 사흘이 걸렸다.

수학여행 때 말고는 집을 떠난 적이 없었던 소녀에게 그 먼 길은 새롭고 경이롭기만 했다. 두려움이 없었던 것은 아니지만 자신 앞에 펼쳐진 앞날에 대한 기대와 흥분이 더 컸다. 어머니는 너무도 긴장해서 학교에 도착하는 사흘 동안 눈 한 번 붙여 보지 못하고 정신을 바짝 차리고 갔다고 했다.

"아니, 그 긴 여정에 같은 방향으로 가는 남학생들도 많았을 텐데 짐 드는 거라도 도와주면서 친절하게 말 붙이는 사람도 없었어요? 일본유학생들이라면 다들 경부선 기차와 관부연락선을 타야 했을 텐데. 더구나 숙명에서 운동선수로 뛰었으면 남학생 팬들이 있었을 것 아니에요? 아니면, 우리 엄마가 정말 매력이 없었나?"

우리는 삼등선실에서 눈을 똑바로 뜨고 짐 보따리를 끌어안고 쪼그리고 앉아 있던 소녀, 우리 어머니의 모습을 눈으로 본 듯이 떠올리며 웃곤 했다.

"애들은. 그때 어떻게 남학생이 여학교에 들어오니? 아무리 운동시합 때라도 여학생들만 구경하고 응원했지 남학생 팬이 어디 있어. 더구나 집 떠나기 오래전부터 할머니가 얼마나 닦달하셨는지 모른단다. '남자는 다 늑대다, 늑대. 정신 똑바로 차리고 니가 조심하는 수밖에 없어. 특히 친절한 척하는 것들이 속으로는 딴생각하는 나쁜 놈들이라고 생각하면 틀림없어. 점잖고 행동 반듯한 남자가 왜 조신한 여자에게 지분거리겠니? 다 여자할 탓이다. 틈을 보이면 절대로 안 돼. 알겠지?' 할머니가 하도 여러 번 말씀하시니 나중에는 속으로 웃음이 나왔지만 막상 혼자서 집을 떠나니 할머니 말씀이 녹음기 틀어놓은 것처럼 귀에서 떨어지지 않더구나. 그래서 한눈 한 번 안 팔고 눈은 약간 내리뜬 채 앞만 보고 똑바로 걸었다니까."

어머니는 종종 그때를 회상하며 얘기를 들려주곤 하셨다. 그때마다 자신을 퍽이나 자랑스럽고 대견스러워 하시는 모습이 역력했다.

나라를 빼앗긴 것도 억울한데
공부까지 질 수 없어

　일본의 서구화는 우리나라보다 100년 정도 빨리 시작되었다. 어머니가 나라에 갔을 때 일본 사람들의 사회성이나 사교성은 우리나라 사람들에 비해 서구화되어 있었다. 그런 일본인의 태도가 어머니에게는 조금은 낯설고 충격이었다. 더구나 조선에서 식민지 백성으로 살면서 모든 면에서 차별당한다는 피해의식으로 은연중 위축되어 있었던 터라 더욱 그랬을 것이다. 어머니는 학교에 도착해서 만난 일본 사람들의 친절한 배려에 놀랐고 모든 것이 잘될 것 같아 안도했다.

　학교는 원래 지성인들이 모이는 곳이기 때문에 다른 곳에서

보다는 차별이 적다. 예나 지금이나 마찬가지로 인종이나 국적, 사상이 달라도 학교라는 테두리 안에서는 비교적 덜 차별받았던 것 같다. 일본인들의 '혼네(本音:원래의 속마음)'와 '다테마에(建前:겉치레)'를 감안한다 해도 어머니가 그 학교에서 공부한 4년 동안 한 번도 식민지 백성이라는 것 때문에 차별받거나 불이익을 당한 기억이 없었다고 한다. 당시에는 사회적, 경제적 수준이 일본이 훨씬 높았기 때문에 생활의 편리성이나 청결의식, 합리적 사고방식 등이 우리보다는 앞서 있었다. 이런 현실 때문에 암울한 우리나라의 처지나 어려운 집안 형편이 어머니를 더 아프게 했다.

"그 학교 공부는 어렵지는 않았어요?"

"왜 안 어려웠겠니? 전국에서 공부 잘하는 애들만 모아 놓았는데…. 그 학교는 시험을 볼 때마다 점수를 석차순으로 공개했는데 처음 2년 동안은 정신없이 공부만 했어. 내 평생 그렇게 공부만 한 적은 없었다니까. 숙명 다닐 때야 그냥 놀면서 한 거지. 언제 그렇게 공부만 할 필요가 있었나. 그뿐인 줄 아니? 나라사범에서는 학년 말에 다음 학년으로 진학할 사람을 발표했어. 거기에 이름이 안 나오면 아무 말 못 하고 짐을 싸는 거야. 창피해서 친구들에게 작별도 못 하고 그냥 가는 거지."

"참 비인간적이네. 선생을 양성하는 사범학교에서 그렇게 비열하게 경쟁을 시켜? 그래도 우리 어머니는 거기서도 공부는 잘했나 보지?"

"그야 말할 것도 없지. 나야 늘 최상위권에만 있었지. 속으로야 어땠는지 모르지만 일본애들은 무조건 공부 잘하는 애는 부러워하고 알아줬어. 그런 거 보면 일본애들이 점잖고 순진한 구석이 있단다. 그 학교는 학생들은 모두 국비장학생들인데 공부 못하면 용서가 없는 게 당연하지. 일본 군국주의의 혹독한 단련방법이지. 학교에서는 공부 잘하는 것이 시작이자 끝이지. 다른 게 있겠니? 어쨌든 옛날이나 지금이나 공부는 잘하고 볼 일이야."

자신만만한 어머니의 말은 언제나 칼같이 명쾌했다.

나라사범(나라여자고등사범학교)은 매해 200명 안팎의 신입생을 뽑았다. 문과, 이과에 각각 50명, 가사과 80명의 정규 입학생과 20~30명의 청강생이 들어왔다. 청강생은 모두 자비로 공부를 했고 조건부 입학 허가를 해 준 후 나중에 정규 학생으로 편입되는 경우도 있었다.

어머니가 입학한 문과에서는 인문과학 과목들을 공부했고

각자의 희망과 이수과목에 따라 졸업 때 교사 자격증을 받았다고 했다. 어머니는 국어(일본어), 역사, 지리, 체육을 가르칠 교사 자격을 얻었다. 교사가 되고 나서는 주로 국어만 가르쳤다. 당시 여학교에서는 전문화된 교사를 쓸 만큼 과목 수가 많지 않았기 때문이다.

"어머니가 체육교사도 하셨어요?"

나는 상상이 잘 되지 않아 물었다.

"그때는 운동 잘하고 선수로 뛰기만 하면 체육은 가르칠 수 있었어. 체육전공만 하는 애는 없었으니까 운동선수들이 원하면 다른 과목하고 덤으로 자격증을 주었나 봐. 그런데 사실은 한 번도 체육선생은 해 본 적이 없지."

"그런데 웬 가사과는 그렇게 많이 뽑았어요?"

"그거야, 그때는 여학교 교육이 현모양처 양성을 우선적으로 내세웠어. 그렇지 않으면 점잖은 집에서 딸들을 보내지 않았으니까. 신식 교육을 시키고 결혼에 지장을 받지 않게 하려면 일종의 '신부수업' 같은 내용의 교과과정을 내세워야 했지. 재봉, 요리, 육아, 자수 같은 과목이 많아 가사선생이 많이 필요했어. 그리고 또 고등사범 졸업하고도 교사직을 얼마 하다 말고 결혼하는 사람들도 많았는데 신여성 중에서는 가사과 출신들이 결혼 상대로는 인기가 있었지."

사실 서양에서도 20세기 중반까지 여자 사립대학들 중에는 공공연하게 결혼준비과정학교(Finishing School)라고 자타가 인정하는 명문교들이 있었다. 일본도 그 영향을 받아 신부수업을 위한 '하나요메각고(花嫁學校)'라는 전문학교가 많이 있었다. 남녀의 교육기회가 평등하게 된 이후에도 동일 내용의 교과과정을 이수할 수 있게 된 것은 20세기 후반에 와서야 실현되었다.

"어머니가 여학교 다닐 때는 교복이 한복이었다면서 일본 갈 때도 한복 입고 가셨어요?"

"숙명 교복이 동복은 자주색 저고리에 검정색 짧은 치마였고 여름에는 흰 옥양목 적삼이었어. 그때야 물자가 귀하던 시절이라 요새 같은 색색깔의 옷감이 있었겠니? 대지주나 아주 부자들 빼고는 보통 다 그냥 비슷비슷하게 가난했으니까. 일본 갈 때도 주로 한복을 준비해 갔는데 치마는 사철 곤색 세루(지금의 개버딘 같은 모직)나 모슬린 치마에 자주색이나 주로 더러움 안 타는 색으로 저고리를 입었지. 그때 한복은 세탁하려면 다 뜯어서 새로 꿰매야 하니까 동정이야 내가 늘 갈아 달았고. 드라이클리닝 같은 게 없었던 시절이잖니. 여름방학에 집에 가면 1년 입을 옷을 할머니가 다 새로 준비해 주셨는데 특별한 때 입으라고 예쁜 자주색 모본단 저고리를 해 주셨어. 그걸 일본 친구들이 너무 예쁘다고 빌려 입고 사진도 찍고 했다니까. 모시 적삼이나 항라 깨끼저고리도 인기였어."

"그럼, 일본에서도 계속 한복만 입었어요? 여름에 옥양목 적삼에 검정치마 입었으면 꼭 요새 조총련 여학생 같았겠는데."

"나중에는 보통 스커트에 블라우스도 입었고 '간탄후쿠(簡単服)'라고 말하자면 원피스 같은 것도 사 입었지만 워낙 돈 여유가 없었으니까 멋 부리고 싶어도 어림없었지. 그때도 일본 부잣집 애들이나 조선유학생 중에서도 집안이 잘사는 집 애들은 교토는 물론 도쿄까지 가서 옷 사 입고 근사하게 차리고 다녔어."

어머니는 집안형편이 아주 어려워서 장학금만으로 생활해야 했다. 학비와 빠듯한 용돈이 나왔는데 용돈을 아껴야 여름방학에 집에 다녀올 수 있는 여비가 겨우 되었다. 어머니의 자립심과 알뜰정신은 유학생활에서 살아남기 위해 길러졌고 그것이 일생을 두고 계속된 것이다. 한창 나이에 경성에서는 보지도 못했던 화려한 백화점이나 상점을 그냥 그림처럼 생각하고 살았을 엄마를 상상하니 불쌍했다.

우리는 어렸을 때 어머니 앨범에서 멋진 차림의 여성들을 보았다. 어머니의 친구들이었다. 그들은 옛날 서양영화에서나 볼 수 있는 차림이었다. 하늘하늘한 레이스로 장식되고 허리가 잘록한 긴 드레스에 챙 넓은 모자를 쓰고 끝이 아주 뾰족한 하이힐을 신고 있었다. 또 대개는 길고 멋진 양산도 들고 있었다. 사진 속 어머니는 한복이나 멋대가리 하나 없는 블라우스에 스커트만 입고 있었다. 왜 우리 엄마는 이렇게 멋진 옷을 입고 찍은 사진이 없느냐고 물어본 적이 있었다. '우리 엄마가 이렇게 차려입었다면 열 배는 더 예쁠 텐데….' 어린 마음에도 속이 쓰렸던 기억이 지금도 생생하다.

"한번은 말이야, 어쩌다 외할아버지한테 내가 장난으로 일본 친구 기모노를 빌려 입고 찍은 사진을 들켰어. 노발대발하시면서 '공부하라고 일본 보냈더니 왜년이 되어 가지고 왔느냐.'고 사진을 다 뺏어서 찢어 버리셨잖니. 그 나이에 기숙사에 모여 사는 계집애들이 옷 가지고 재미로 좀 빌려 입어 보기도 하는 것이 보통인데. 그만큼 우리나라 사람들이 피해의식이 많아 마음의 여유가 없었단다. 그래서 내가 막 울면서 일본 친구들이 내 한복 빌려 입고 찍은 사진도 보여 드리고 해서 간신

히 그 자리를 모면했지. 너희들이야 내 나라 버젓할 때 유학생
활을 했으니 좀 가난했던 것 말고는 무슨 마음고생이 있었겠
니? 우리는 말이다, 성적이 좀 떨어져도 '나까지 일본에게 지면
안 되지.' 하는 마음으로 이를 악물었으니 젊은 시절의 낭만이
나 즐거움은 무의식적으로 죄악시했어. 지금 애들 천방지축으
로 사는 것에 비하면 그때 우리는 중세 수도원에서 자기 몸을
채찍질하면서 고행하는 수행자의 마음가짐이나 비슷했지."

그것은 절대로 과장이 아니었을 것이다. 우리 세대가 유학
하던 1960년대만 하더라도 한국이 전쟁과 가난의 대명사로 미
국 국민들에게 알려져 있었을 때였다. 그것만으로도 얼마나
주눅이 들었었던지. 그 후 우리나라가 잘살게 되고 국제사회
에서의 위상이 높아지자 외국에 나가 살거나 여행할 때 우리
스스로 자랑스럽고 가슴 뿌듯하지 않는가.

나라가 없고 식민지 백성으로 본국에 가서 공부했던 어머니
세대의 유학생들의 자격지심이 어떠했을까. 가난하건 뭐건 간
에 내 나라만 있었으면 하는 열망으로 가득했을 것이다. 우리
어머니 세대를 생각하면 우리는 내 나라에서 자유를 누리며
살고 있고, 세상 어디든 마음대로 돌아다니며 살 수 있는 것이
얼마나 감사한 일인가를 새삼 깨닫는다.

그리고,
어머니의 청춘사업

　우리는 어머니의 대학 시절에 대해 시시콜콜하게 물어보는 걸 즐겼다. 그때라고 '청춘남녀'들의 심리나 행동양상이 우리 세대와 크게 다르지 않았으리라. 집을 떠나 부모의 감시를 벗어난 곳에 있었으니 자유롭게 남녀가 교제를 할 수도 있었을 테니까. 더구나 나라는 오래된 정취가 깔려 있는 일본의 고도(古都)가 아닌가. 또 어머니가 다니던 나라사범과 얼마 떨어지지 않은 곳에 일본에서 명문으로 손꼽히는 교토제국대학(京都帝國大學)이 있었다. 당시 신여성들에게 유행했던 '자유연애와 결혼'의 조건이 어머니에게도 다 갖추어져 있었다.

"처음에야 코를 박고 공부만 했지만 그래도 3, 4학년 올라가서는 자리가 잡혀 주말에는 시내에 나가 놀기도 하고 '활동사진' 구경이라도 했을 거 아니에요. 설마 여자애들끼리만 몰려다니지는 않았겠지. 교토제대 남학생이 따라다니지는 않았어요? 연애편지도 좀 보내고 말이야. 나 같으면 그 좋은 기회에 연애도 실컷 했겠다. 서울에서처럼 길에 나가면 아는 얼굴도 아니니 소문날 일도 없었을 텐데 말이에요."

우리는 엄마의 과거를 '자백'받으려고 여러 번 시도했다. 어떤 때는 '엄마가 진짜 '모과'였나, 애교가 너무 없었나, 너무 잘난 척만 했나' 하며 여자의 자존심을 있는 대로 건드려 가며 '조서'를 좀 꾸며 보려고 했다. 하지만 어머니는 좀처럼 자기의 청춘사업 얘기는 안 하셨다. 대신 같은 유학생 친구들 얘기나 일본 친구들의 얘기는 많이 해 주셨다. 우리는 미루어 짐작해서 그 시대의 '청춘사업'을 그려 보는 수밖에 없었다.

"애들은? 그때가 뭐 지금 같은 줄 아니? 연애만 실컷 하고 말 생각을 어떻게 감히 하니? 연애 따로, 결혼 따로는 말도 안 되지. 결혼 상대가 될 사람이 아니면 거들떠볼 생각도 못 했어. 게다가 일본 남자들은 아예 제쳐 놔야지, 조선유학생들은 거의가 조혼한 유부남이지. 이래서 안 되고 저래서 안 되고, 남자

선택의 범위가 아주 좁을 수밖에 없었어. 좀 괜찮다 싶으면 꼭 둘 중에 하나에는 걸렸다니까."

"그래도 뭐 신여성 중에는 물불 가리지 않고 유부남과 연애하고 결혼한 사람들도 많았잖아요?"

"그야 그렇지. 그런 사람들은 또 일생 그 대가를 치르면서 살았어. 좋게 말해서 용기가 있었고 또 한편 남에게 못할 짓 한 것이니 얼마나 마음고생이 많았겠니. 어찌 보면 그 사람들도 한 시대의 희생양이지."

사실 일본 유학 중 연애결혼을 한 신여성 중에는 조선에 이미 본처와 자식을 둔 남자들과 결혼한 경우도 꽤 있었다. 어떤 사람들은 정말로 감쪽같이 속아서 결혼까지 한 후에 유부남이란 걸 알게 된 경우도 있었지만, 유부남인지 알면서도 사랑을 버릴 수 없어 어려움을 각오하고 결혼한 사람들도 있었다. 구시대의 조혼관습 때문에 개화기의 조선 엘리트 남녀들이 겪어야 했던 또 하나의 시대적 아픔이었다.

어떤 이들은 무슨 수를 써서라도 조혼한 아내를 이혼시켜서 법적으로 떳떳하게 결혼한 사람들도 있었지만 대부분은 남자 집안 어른들이 제사를 모시며 시부모를 봉양한 며느리를 감싸고 절대로 이혼을 못 하게 했다. 특히 며느리가 이미 아들이라도 낳았다면 그것은 있을 수 없는 일이었다. 모든 결혼은 집안 간의 약속이고 신의의 문제였기 때문이다. 유학 중 저희들끼 리 만나서 '야합'한 것을 양가의 부모가 인정한다는 것은 점잖 은 가문의 품격을 해치는 일이었다.

많은 신여성들이 사회적으로는 저명한 인사들의 부인으로 살았지만 정실부인은 못 되고, 아이들이 태어나면 호적은 큰 부인 밑으로 들어가는 수모와 모순을 감내하며 살아야 했다. 그 여자들의 상처는 말할 것도 없고 집안 어른들과 신여성 부 인 사이에 낀 남편들의 고충도 만만치는 않았을 것이다. 이런 사람들의 수가 꽤 많아서 사회적으로는 오히려 서로 묵인하고 사생활의 문제로 모른 척했지만 가정 내에서의 갈등은 지금과 크게 다르지 않았을 것이다.

한편 본처의 입장에서 볼 때, 어쩔 수 없이 이혼을 강요당했 다면 그는 그야말로 '소박데기'로 일생을 불쌍하게 살아야 했 다. 친정에서도 출가외인인 딸을 다시 받아들인다는 것을 수 치스럽게 생각했고 아이가 딸리지 않은 경우에도 재가를 한다 는 것은 점잖은 집에서 있을 수 없는 일이었다. 대개 스물을 좀 넘었을 텐데 살아갈 방법도 모르고 자기 몸 하나 의지할 곳이 없다는 것이 얼마나 기가 막혔을까. 법적 이혼 후에도 시댁의 그늘에서 어른들의 처분에 맡긴 채 일생을 막막하고 기구하게 살아야 했다. 그 시대에는 이혼의 제일 큰 피해자는 본처였고 신여성은 모든 문제를 일으킨 가해자로 여겨지는 게 일반적이었다.

어머니의 일본 친구들은 우리나라의 신여성과 비교하면 훨씬 좋은 여건에서 연애도 하고 결혼도 했다. 19세기 후반에 일어난 메이지유신으로 일본사회는 급속히 서구화가 진행되었다. 20세기 초에는 이미 우리나라보다 훨씬 더 개방된 사회 분위기였다.

제국주의의 해외식민정책, 효율적인 관료주의로 대동아의 패권을 장악하기 시작한 일본은 교육에서도 우리나라와는 비교가 되지 않을 만큼 체계가 잡혀 있었다. 국립종합대학인 제국대학(帝國大學)이 동경을 위시하여 대표적인 지방도시에 세워졌고 와세다(早稻田), 게이오(慶應) 같은 사립종합대학이나 의학전문학교, 사범학교, 음악학교, 미술학교 같은 각 분야에 최고 학부수준의 전문교육 기관이 인재를 길러 내고 있었다. 일본은 20세기 초반에 이미 탄탄한 지식사회가 형성되어 있었다. 비록 제국대학이 여학생에게 개방되지는 않았지만 여자들도 전문학교에서 최고 수준의 교육을 받을 기회가 열려 있었다.

일본 여자들은 원래 우리나라 여자들보다 순종적이었다. 겉으로 보면 비열하게 보일 정도였다. 그렇지만 여성의 교육기회 확대와 사회진출로 자연스럽게 일본 여성들의 생활도 달라지고 있었다. 최고 학부를 졸업한 여자들이 전문직 종사자로서 사회참여가 가능해지면서 독립심과 자기주장이나 기호의 관철은 자연스럽게 배우자 선택에 새로운 풍속도를 만들었다.

일본의 전통적인 결혼풍습은 우리나라와 크게 다르지 않은 집안 간의 결합이었다. 그러나 사회생활에서 젊은 남녀가 연애에 빠지거나, 일을 통한 자연스러운 만남, 아는 사람의 소개에서 이루어지는 '미아이(見合, 맞선 보기)'를 통한 만남 등은 우리나라보다 일본에서 한 세기 먼저 시작되었다.

일본 신여성들의 최고의 결혼 상대는 명문대 출신 남자들이었다. 나라여자사범학교나 동경여자사범학교 출신의 많은 사람들이 동경제대, 경도제대, 와세다, 게이오 출신들과 결혼했다. 이런 이유로 결혼을 인간 남녀의 결합이 아닌 명문학교의 결합이라는 비웃음을 사기도 했다. 집안 간의 결합이라는 전통적인 방식에 학교 간의 결합이 추가되었고 지금도 결혼조건에서 집안과 학벌을 우선 따지는 경향은 여전히 계속되고 있다.

우리 어머니의 얘기를 곧이곧대로 믿는다면 결국 우리 어머니는 일본 유학을 하는 동안 숙명적인 사랑 한 번 못 해 보고 4년을 보냈다. 행운인지 불행인지는 모르겠지만 '청춘사업'을 할 수 있는 금쪽같은 시간을 그렇게 허비하고 만 것이다. 어머니의 예쁘장한 외모나 활달한 성격도 칼같이 엄격한 자기관리에서는 쪽도 못 쓰고 밀려 버린 것일까?

"그래도 2학년 여름방학 때쯤부터는 서울로 올 때 남학생들이 짐도 좀 들어 주고 했어. 그런다고 내가 뭐 마음이 혹하겠니?"

어머니는 아직도 서울 오는 날짜를 남학생들이 어떻게 알았는지 궁금하신 모양이었다.

"애걔걔, 겨우 날짜 맞추어서 짐이나 들어 주고 해서는 안 되지. 학기 중에도 정성을 보여야지. 그 정도로는 어림도 없는 것 아냐? 아마 분명 그 학생들은 경도제대나 동경제대 학생은 아니었을 거야. 그랬다면 엄마가 좀 생각이 달랐을지도 모르지. 그렇다면 그중 한 사람하고 잘되었을 수도 있었잖아."

"소설을 써라, 소설을."

어머니는 눈을 흘기시며 웃으셨다. 제법 그럴 듯한 '어머니의 청춘사업'을 우리는 끝내 듣지 못했다.

원산 누시여학교
교사로 발령받다

1934년 어머니는 나라사범을 졸업하고 개신교 선교회가 설립한 원산 누시여학교 교사로 발령을 받았다. 어머니로서는 첫 사회생활이면서 경제적 독립의 첫발을 내딛게 된 셈이다. 어머니에게 원산은 생전 처음 가 보는 낯선 땅이었다.

함경남도의 항구도시 원산은 해당화와 명사십리(明沙十里) 해수욕장으로 유명한 곳이다. 개마고원의 삼방약수와 더불어 당시 서울 부자들도 즐겨 찾던 함경도의 피서지였다. 조선 말에 일찌감치 외국인들에게 개방되어 중국인, 러시아인들이 일본 사람보다 먼저 들어와 섞여 살기 시작했던 곳이기도 하다.

어머니의 풍성한 추억담의 배경이었던 원산을 나는 한 번도 가 본 적이 없다. 하지만 상상 속의 원산은 북한에서 가장 아름다운 도시로 내 가슴에 새겨져 있고 통일이 되면 제일 먼저 가 보고 싶은 곳이다.

내가 10여 년 전 일본 고베(神戶)에 처음 갔을 때다. 도시의 분위기가 너무도 낯익었다. 꼭 언젠가 한 번쯤 와 보았던 곳 같았다. 특히 고베의 기타무라(北村)에서 내려다보이는 깨끗하고 아담한 시가지, 그 너머 멀리 보이는 수평선을 바라보며 마음속으로 그려 보았던 원산과 닮았다는 생각을 했다. 1995년 '고베 대지진'으로 지금은 내가 보았던 도시의 모습이 많이 사라졌다고 들었다. 고베나 나가사키(長崎) 같은 항구를 통해 서양의 선교사들이 들어와 일본에 기독교가 전파되기 시작했다. 기타무라도 서양인들이 자리 잡은 언덕 위 동네였다. 외국인들에게 일찍 개방되었던 원산의 역사와 닮은 데가 있어서 도시의 풍경도 비슷한 것 같았다. '일본 속의 유럽도시'라는 고베는 내 마음속에서는 '일본 속의 원산'이었다.

이미 스물두 살의 노처녀(?)가 된 어머니에게 누시여학교에서의 생활은 어머니 일생에서 가장 아름다운 시절이었다. 어머니가 그때의 얘기를 해 주실 때마다 어머니는 꿈꾸는 듯한 표정을 지으셨다. 그때의 감미로운 어머니 목소리는 지금 생각해도 미소가 지어진다.

언덕 위에 서양식으로 지은 빨간 벽돌 교사. 여름에는 담쟁이덩굴이 레이스처럼 벽을 뒤덮었고, 겨울이면 원산의 추위가 아랑곳없는 스팀 난방이 있었던 곳. 교실 창 밖으로 보이는 동해의 수평선. 어머니가 침대생활을 처음 경험한 것도 그곳에서였다. 당시 일본도 서양이나 미국의 생활수준과 비교하면 그리 높은 편은 아니었다. 나라는 겨울에도 늘 영상의 기온이어서 기숙사 다다미방에는 난방시설이 없었다. '유담보'라는 양철통에 뜨거운 물을 담아 수건으로 싸서 이불 속 발치에 넣고 자는 것이 고작이었기에 어머니에게는 중앙식 난방은 신기하기만 했다. 더구나 그때로서는 일본보다 어느 면에서나 뒤떨어진 식민지 조선 땅에서 일본에서도 하지 못했던 새로운 경험을 하게 된 것은 정말로 의외였다. 서양영화에서나 보고 꿈꾸었던 신식 주거환경이 부분적으로나마 일상생활에서 실현된 곳이었다.

개신교 선교단에서는 우리나라 초기 선교활동의 일환으로 여성교육을 위한 여학교를 우리나라 여러 주요 도시에 세웠다. 원산의 누시여학교도 그중에 하나였다. 서울의 이화학당을 비롯해 배화고녀나 정신고녀, 평양의 서문고녀, 개성의 호수돈고녀 등 19세기 말 20세기 초에 세워진 여학교들은 우리나라 사학발전과 여성교육에 큰 공헌을 했다. 또 서양의 문물과 생활양식을 우리나라에 소개하는 데에 지대한 영향을 끼쳤다.

원래 북한 사람들이 남한 사람들보다는 일찍부터 중국을 통해 문물을 받아들이는 데에 익숙했다. 따라서 좀 더 개방적이었다. 아무래도 한양에서 떨어진 지방이어서 법도나 체면을 목숨처럼 생각하는 중앙의 숨 막히는 양반사회보다는 훨씬 융통성이 있었다. 그 때문인지 기독교 선교활동은 초기부터 이북에서 더 활발했고 집안에서도 '남녀유별'에 대한 고정관념이 남한보다 덜해서 딸들에게 신식 교육을 시키려는 가정이 많았다. 선교사들이 세운 여학교들이 이북에 많았고 잘 운영되어 명문교로 발전한 학교들이 꽤 있었다.

미혼의 병아리 여교사가 타향에서 혼자 생활한다는 것은 당시로서는 사회적으로 용납되기 어려운 일이었다. 외할머니나 외할아버지께서도 마음을 편히 놓고 계실 수가 없었는데 학교에서 그 점을 고려해 기숙사 사감으로 임명하여 교내에서 생활할 수 있도록 주선해 주었다.

어머니는 꿈에서도 소원이었던 자기만의 방을 갖게 되었다. 형제 많은 대식구의 넉넉지 못한 집안에서 자라면서 아이들이 독방을 갖는다는 것은 어림없는 일이었다. 일본의 기숙사에서도 1,2학년 때는 4명, 3,4학년에 가서야 2명이 방을 같이 썼다. 자신만의 공간을 갖게 된 것은 어머니에게 특별한 의미가 있었다. 비로소 어른이 되어 독립한 것을 실감했다.

일본 유학을 막 마치고 부임한 젊고 예쁜 여교사는 곧 전교생의 선망의 대상이 되었을 것이다.

엄격하지만
다정한 사감 선생님

　현진건의 단편 「B사감과 러브레터」에는 여학교 기숙사의 노처녀 사감이 주인공으로 나온다. 그녀는 여학생들 앞으로 배달되는 남학생들의 연애편지를 압수해 외로운 밤에 혼자 읽으며 '가상 연애'에 빠진다. 근엄하고 점잖은 독신주의자 여교사의 인간적 본능, 인간 내면의 실상을 파헤쳐 인간 본연의 다중성을 일깨우는 작품이다. 이것이 작가의 의도였을 것이다.

　그 시대에는 작가들조차 고등교육을 받고 혼기를 놓친 신여성을 우스꽝스럽게 묘사하는 것이 일반적이었던 모양이다. 어린 나이에 이 소설을 읽으며 나는 여기까지 미처 생각하지 못했다. 그 당시에는 고등교육을 받은 여자, 직장을 가진 여자, 노처녀, 히스테리, 변태는 하나의 선상에 있다는 고정관념이 남자들에게는 물론 여자들에게까지 막연히 자리 잡고 있었던 것 같다.

물론 어머니는 B사감과는 다른 유형의 사감이었다. 엄격하고 반듯하기는 했지만 여학생들의 꿈과 생활을 공유할 수 있는 감성과 조건을 두루 갖추고 있었다. 많은 학생들이 제 나이보다는 늦게 입학하는 경우가 많아 고학년 중에는 선생님과 나이가 비슷하거나 선생님보다 나이가 많은 학생들이 꽤 있었다. 정상적으로 입학을 했다 해도 언니 정도의 나이 차이밖에 안 되는 젊은 선생님을 향한 호감 어린 관심은 대단했다.

교실에서는 똑 부러지게 엄격한 선생님이었지만 기숙사에서는 상냥하고 다정한 언니 같았다. 기회만 있으면 어디서나 노래도 같이 부르는 친구였다. 방과 후에는 운동장에서 배구 코치가 되어 주었다. 이런 만능스타 선생님을 학생들이 좋아하는 것은 당연했다.

기숙사 한 귀퉁이에 있는 사감실에는 꽃이며 과자 같은 작은 선물이 늘 가득했다. 특히 주말에 집에 갔다 온 학생들은 사감 선생님께 드릴 지방 특산물을 들고 왔다. 물론 학부모들이 챙겨 준 것들이었다. 순박한 호의가 진심으로 통했던 아름다운 시절이었다. 어머니는 건어물 같은 지방 특산물을 서울 집에 보내 드렸다고 했다. 살림에 도움이 되는 소포 꾸러미를 받고 기쁘고 고마웠던 얘기를 외할머니는 오랜 세월이 지난 후에도 우리에게 해 주시곤 했다.

그때는 지금처럼 물류가 발달된 시대가 아니었다. 어떤 지방에서는 풍족하지만 다른 지방에서는 궁핍한 물건들이 많았다. 원산은 북쪽의 어장이 가까워서 정어리, 명태, 대구 같은 여러 가지 생선이나 해산물을 흔하게 먹을 수 있었다. 서울에서는 비싼 명란젓이나 어란 같은 반찬도 원산에 있는 어머니에겐 비교적 흔한 것들이었다. 일본 학교 기숙사의 절제되고 검소한 식사에 비하면 원산에서의 어머니의 먹거리는 훌륭했고 풍족했다.

'의식주'라는 우리말은 아마도 체면을 좋아하는 서울 양반들이 매겨 놓은 순서인 듯하다. 서울의 가난한 선비들은 죽한 사발로 끼니를 때우고도 큰 트림을 하며, 고기라도 먹은 듯 이쑤시개를 쓰고, 굶으면서도 의관만은 반듯해야 외출을 했다. 이런 허세를 보고 이북 사람들은 어떻게 생각했을까. 내 짐작엔 속으로 웃지 않았을까 싶다. 혹독하고 긴 겨울이 있는 북쪽에서는 우선 잘 먹어 몸이 튼튼한 게 중요했다. 그 다음은 따뜻한 옷을 입어야 추위와 맞설 수 있었다. '의식주'가 아니라 '식의주'의 순서가 당연해서 이북에서는 보통 사람들도 먹는 것만은 서울 양반 못지않았다. 이것이 처음에는 어머니의 눈에 신기하게 보였다고 한다.

어머니는 말년에 별나게도 함경도식 가자미식해를 찾으셨다. 가자미식해는 우리 가족들이 거의 먹지 않은 반찬이었다. 서울 음식이 아니라 집에서는 해 볼 엄두도 못 내고 늘 백화점 식료품부에서 사다 드리곤 했다. 웬 가자미식해를 좋아하시나, 이상했다. 나중에 생각해 보니 어머니가 원산에서 먹어 봤던 음식이었는데 나이 들어서 다시 생각나신 듯했다. 사람의 입맛도 늙으면 귀소본능이 발동되어 어려서 먹던 음식이 다시 그리워지는 모양이었다.

호두나무 무늬목
삼단 서랍 경대

원산에서 어머니의 생활은 감사하고 기쁜 나날이었다. 경제적인 독립에서 얻은 자존심과 떳떳함 때문이었다. 어머니는 여자의 경제적 독립을 가장 중요하게 생각했다. 그 시대의 보통 젊은 여자들은 경제적 독립이란 걸 상상할 수 없었다. 어머니의 이런 생각은 특별했다.

"내가 왜 그런 생각을 하게 되었는지는 몰라. 그때부터 일생 일해서 내 손으로 벌어먹을 팔자였나 보다."

어머니는 종종 이런 말씀을 하시며 씁쓸해 하셨다. 이른 나이부터 생활전선에 뛰어들어 늦게까지 경제활동을 해야만 했던 자신의 삶이 가여웠던 모양이었다.

어머니에게 별다른 선택이 있었던 것은 아니었다. 외할아버지는 노동운동에 빠져 가계를 돌보지 못하셨고 수입원이 될 만한 재산이 있는 것도 아니었다. 신문기자였던 큰 외삼촌은 결혼해서 이미 분가했고 쥐꼬리만 한 월급에 제 살림도 빠듯해서 외할머니께 생활비를 내놓지 못했다. 자연스럽게 어머니가 소녀가장의 자리에 밀려 앉혀진 것이다. 물론 얌체 같은 딸들처럼 나 몰라라 하고 월급 받아 잘 쓰고 혼숫감 준비를 할 수도 있었겠지만 어머니의 투철한 책임감이 그걸 용납하지 않았다.

교사 초봉으로 받은 65원은 어머니에게 큰돈이었다. 사감으로 있었기 때문에 월 5원의 식비만 내면 기본 생활비는 충당되어서 매달 40원이라는 거금을 서울 가족의 생활비로 보냈다. 나머지 20원 중 10원은 언젠가 하게 될 결혼비용으로 저축을 했다. 그러고 나면 어머니 수중에 남는 것은 10원뿐이었다. 어머니의 기억력이 뛰어난 걸 우리도 익히 알고 있지만 그때의 월급이며 물가를 소상히 외우고 있는 것은 너무도 신기했다. 월급을 받으면 한 푼 한 푼 쪼개고 심사숙고해서 지출해야 해서 저절로 그렇게 되었을지도 모른다.

일본에서 공부할 때는 돈만 벌면 옷도 좀 사 입고 구경도 할 수 있으려니 하고 기대했었는데 그런 기대가 물거품이 되었다. 그러나 어머니와 동생들을 도울 수 있는 자신이 무척이나 대견했을 것이다.

그렇게 알뜰하신 어머니가 거금 20원을 주고 산 물건이 하나 있다. 최초로 혼수로 장만한 입식 경대이다. 그 경대는 지금도 어머니가 쓰시던 방에 있다. 원산에서의 첫해, 크리스마스에 젊은 프랑스 선교사네 집에 초대받아 갔었다. 검소한 생활을 하는 선교사들이었지만 그래도 당시 조선 사람들의 사는 모습과는 비교할 수 없었다. 명절의 여러 가지 아름다운 장식이나 색다른 음식이 매우 인상적이었다. 가구나 살림도구도 부러웠다. 결혼을 꿈꾸고 가정을 이루는 상상을 하던 한국의 젊은 여성에게 가장 눈에 띄는 물건은 삼단 서랍 경대였다. 어머니는 이 프랑스 가구를 머릿속에 기억했다. 훗날 그것을 그대로 그림을 그려서 원산에서 유명한 중국인 목수에게 주문했다. 20원을 주고 호두나무 무늬목으로 똑같은 경대를 제작한 것이다.

그 경대는 어머니가 가장 아끼던 가구였다. 돌아가시기 전까지 한 번도 어머니 방을 떠난 적이 없었다. 경대를 닦으시며 그때까지 산 물건 중 가장 비싼 것이라 큰 용단이 필요했다고 몇 번 말씀하셨다. 1.4 후퇴 때 피난을 갔다가 돌아와 보니 거울이 깨져 있었지만 몸체는 멀쩡하게 남아 있었다고 했다. 호두나무 무늬목 삼단 서랍 경대는 원산에서부터 어머니가 돌아가시기까지 어머니 곁에서 함께했다. 일생을 썼으니 본전은 이미 옛날에 뽑았다며 웃으셨다.

식민지 조선에서
교육자로 산다는 것

　여학교 기숙사의 사감생활은 초년병 여교사에게는 상당히 재미있는 경험이었다. 더구나 거의 동생 같은 연배의 학생들의 인기를 한 몸에 받고 있었던 선생님이 아닌가. 그러나 일본의 식민지 조선에서 미국인 교장이 운영하는 미션스쿨이라는 환경은 교육자로서 어렵고 불편한 점이 많았다. 민족의식, 국가의식, 시민의식이나 인간의 존엄성 같은 것에 대한 주장을 공개적으로 피력한다거나 그런 주제로 학생들과 토론하는 것은 매우 조심스러웠다. 아버지가 반일사상이 투철한 사회운동가의 집안에서 성장한 어머니였기에 더욱 그랬을 것이다.

어느 시대나 아무리 깨어 있는 지식인일지라도 생활인으로서 우선해야 하는 일들이 있다. 우리가 일본의 식민지에서 벗어나 독립국가를 이루고 살 날이 올 것인가에 대해서는 어느 누구도 확신이 없었고 국민 모두가 나라의 독립을 위해 생업을 제쳐 놓고 직접 뛰어들어 할 수 있는 일은 별로 없었다. 그 시대의 젊은 엘리트인 우리 어머니도 우선 어려운 집안살림을 도와야 하는 딸이었고 손아래 남동생들의 학자금 걱정을 해야 하는 누나였다.

기숙사 사감으로 처음 경험하는 문화적, 사회적 어려움도 있었다. 기숙사에 오기 전까지 학생들은 기껏해야 가족이나 친척 또는 동네 친구들과 교류했다. 누시여학교에 입학하고 나서야 다른 지방에서 온 사람들과 함께 생활하게 된 것이다. 한창 감수성이 예민한 나이에 이성과의 접촉은 차단된 환경에서 동성과 생활하게 된 것이다. 그러다 보니 동성 친구나 선후배에게 친밀감이나 경이로운 매력을 느끼는 여학생들도 있었다.

지금도 우리나라에서는 여자들끼리 손을 잡거나 팔짱을 끼는 정도의 신체적 접촉은 아무렇지도 않게 생각하는 문화이다. 그런데 학교에서 동성끼리 친밀한 문화가 서양인들의 눈에는 망측하게 보였던 모양이다. 누시여학교에서 서양 선교사들의 우리나라 성문화에 대한 몰이해는 어머니에게는 충격이었다.

우리나라에서는 동성애(homosexuality)라는 것이 공인되지 않은 개념이었다. 옛날부터 여자들끼리 사는 궁중이나 남자만 있는 병영에서 동성끼리 은밀하게 성애를 나누었다는 사실은 다 알려진 비밀이었다. 하지만 공식적으로는 동성애를 애써 외면하고 문제를 삼지 않았다. 오히려 남녀유별의 유교전통에서 이성 간의 공개적인 애정 표현은 금기시되어 있었기 때문에 여자들끼리의 가벼운 신체접촉은 용인되었을 뿐더러 친밀도의 표현처럼 여겨졌다.

1930년대의 우리 사회관습에서는 아무 문제가 되지 않는 사춘기 여학생들 간의 친밀감은 서양 선교사인 교장의 눈에는 변태적인 동성애로 오해되어 걱정하는 일도 벌어졌다. 단짝 여학생들끼리의 동반자살이라든가 가출사건 같은 일이 신문에 기사로 나기도 했기 때문에 여학교에서는 신경을 쓰지 않을 수가 없었다. 기숙사 내에서도 종종 여학생들 간에 애증이나 질투 때문에 문제를 일으키는 경우가 발생하기도 했다.

어머니는 사감으로서 학생들에게 카운셀러의 역할을 해야 했고 교장에게는 문화적 차이를 이해시켜야 했다. 자연스러운 남녀의 교제가 허용되는 개방된 사회생활이었다면 생길 수 없는 일들이었다. 특히 어머니는 학생들과 나이 차이가 별로 없었기 때문에 수줍고 내성적인 학생이 사감에게 특별한 호의로 다가오기도 했다고 한다. 이때 친절하지만 냉정하고 공평하게 선생으로서 처신을 해야 했고 어떤 학생들을 편애하는 것같이 보이는 일이 생기지 않도록 늘 조심해야 했다. 지금은 별일 아닌 것들이지만 그때만 해도 무척 조심스럽고 신경 써야 할 부분이었다.

원산에서
다시 서울로

"돌이켜 보면 원산에서 살았던 2년이 그래도 내 생애에서 제일 아름다운 장면이 많아. 내가 거기 있는 동안 할머니를 오시라고 해서 명사십리 해변이랑 해당화, 해송숲을 구경시켜 드리고 싶었는데, 그때는 다니는 게 왜 그렇게 어려웠는지…. 또 비용도 많이 들었고. 지금처럼 길이 좋으면 두어 시간이면 갈 수 있는 거리인데 말이야. 무엇보다 그렇게 금세 서울로 가게 될 줄은 몰랐어. 할머니 할아버지는 내가 객지에 혼자 있는 것이 아무래도 마음이 안 놓이셨나 봐. 원산에 있으면 혼처가 나오기 어려운데 자꾸 나이만 먹으면 어떻게 하냐고 늘 성화셨는데 서울로 가게 되어 아주 좋아하셨지."

어머니는 누시여학교에서 2년 동안 학생들을 가르치시다가 모교인 숙명으로 자리를 옮기게 되었다. 물론 어머니도 다시 서울로 돌아오는 것이 좋았고 모교에 자리를 잡는 것이 무엇보다도 기뻤지만, 모처럼 얻은 자립생활의 자유를 떨치고 다시 부모님의 밑으로 들어가야 하는 것이 그저 좋기만 한 것은 아니었다. 집에는 여전히 노동운동 때문에 들락날락하시는 할아버지와 어려운 살림을 꾸려 가시는 할머니, 여학교를 졸업하고 신문사에 근무하는 손아래 여동생과 그 밑으로 학교에 다니는 3명의 남동생이 있었다.

서울로 돌아온 지 며칠 되지 않았는데 할머니가 은밀히 어머니를 딴 방으로 부르셨다.

"얘 경남아, 용석(우리 둘째 외삼촌)이한테는 네게 절대로 말하지 말라고 했는데 아무래도 속수무책으로 시간을 가게 할 수는 없어서 너하고 의논을 하지 않을 수 없구나."

할머니는 뜸을 들이며 조심스레 말씀을 이으셨다.

"그 애가 와세다 법과에 합격했는데 입학금하고 첫 등록금이랑 여비랑 뭐랑 참 만만치 않구나. 내가 여기저기서 변통을 좀 했는데 그래도 턱없이 모자라니 어떻게 하지? 걔는 뭐 거의 포기하고 있는 것 같은데 너무 아깝지 않니?"

"도대체 얼마나 모자라는데요?"

"모두 한 400원 이상 드는데 그동안 네가 보낸 생활비에서 조금씩 떼어서 모아 놓은 것하고 또 여기저기 쌈짓돈을 다 모았어. 그래 봤자 200원 남짓이나 될까? 그것도 경자(어머니 바로 아래 이모)가 취직하고는 생활비를 조금씩 내어놓아서 할 수 있었지만."

"그럼 아직도 200원 이상이 더 있어야 되겠네요?"

할머니는 아무 말도 못 하고 수심이 가득한 눈으로 어머니를 바라보셨다. 용석 외삼촌은 그때 경성제이고등보통학교(경복고등학교의 전신)를 졸업하고 들어가기 힘든 일본의 명문 사립인 와세다(早稲田)대학에 합격한 것이다.

어머니는 그날 밤 한숨도 자지 못하고 고민을 했다. 딸인 자신도 어쨌든 최고 학부까지 나왔는데 남동생에게 주어진 학업의 기회를 그냥 놓치게 할 수가 없었다. 그때 어머니 수중에는 모자라는 액수만큼의 저축한 돈이 있었다. 그렇지만 그 돈이 어떤 돈인가? 소녀가장으로 월급의 반 이상을 살림에 내놓고 그야말로 한 푼을 쪼개 가며 2년 동안 아끼고 아낀 돈과 누시여학교를 떠날 때 퇴직금인지 전별금인지 조금 받은 것을 꽁꽁 모아서 합친 돈이었다. 그때까지 어머니가 만져 본 제일 큰 돈이었다. 아예 수중에 돈이 없었더라면 크게 고민하지 않고 그냥 불가능한 일로 제쳐 놓을 수도 있었을 테지만 돈이 있는데도 모른 척한다는 것은 도저히 할 짓이 아니었다.

이튿날 어머니는 가진 돈 250원을 다 털어 할머니와 용석 삼촌 앞에 내놓았다. 두 사람은 너무 놀라고 감격해서 아무 말도 못 하고 그저 어머니를 붙잡고 눈물을 계속 닦았다.

"누나, 내가 꼭 공부 잘해서 나중에 다 갚아 드릴게요."

삼촌은 울먹이며 어머니께 고마워했다. 하지만 어머니는 앞으로 남은 동생의 4년간의 학비가 걱정이었다.

"그 시대에도 우리 집안에서는 공부 뒷바라지하는 것에는 무리가 따르는 일이라도 저질러 놓고 보는 수밖에 없었어. 그렇게라도 시작을 해 놓으면 공부 잘하는 애들은 어떻게 되든 졸업을 하게 되더라니까. 그때 집에 학비 쌓아 놓고 공부 시작하는 사람이 몇이나 되었겠니? 너희들은 상상할 수도 없는 가난한 세월이었지."

어머니는 힘든 시절 얘길 하시면서도 웃으셨다. 집안형편 때문에 무리하게 진학했지만 어머니 말대로 '공부들은 다 잘하는' 외삼촌들은 그럭저럭 모두 명문교를 졸업했다.

어머니의
혼담

어머니가 서울로 돌아오자 외할머니 외할아버지는 스물네 살이나 먹은 노처녀를 '치울' 일에 본격적으로 팔을 걷어붙이셨다. 두 살 아래인 동생(경자 이모)은 신문사에 근무할 때 만난 기자와 한창 연애 중이었다. 그 청년을 이미 만나 보신 외할아버지도 그만하면 괜찮다는 의견을 내셨기 때문에 언제든 결혼할 수 있던 환경이었다. 노처녀 언니는 그들의 결혼에 걸림돌이 아닐 수 없었다. 그러니 외할머니와 외할아버지의 마음이 바쁠 수밖에.

지금도 딸이 여럿 있는 집에서는 될 수 있으면 순서대로 결혼시키려고 한다. 그 시대에는 동생이 언니보다 먼저 결혼을 하면 언니에게 어떤 결격사유라도 있는 것처럼 생각해서 혼사가 성립되지 않는 경우가 많았다. 동생이 먼저 결혼을 하면 언니의 결혼 복을 다 거두어 간다는 허무맹랑한 미신을 믿는 사람들도 많았다. 또 집안일이 제 순서대로 이루어지지 않으면 자연히 대소가에서 말이 많아지고 남의 입에까지 오르내리게 되기 때문에 그런 일을 꺼렸던 것 같다.

그런데 우리 어머니는 나이로 보나 학력으로 보나 지나치게 꽉 찬 신붓감이었다. 상대가 될 만한 남자가 많지 않았다. 과유불급(過猶不及)이라는 말이 우리 어머니에게 딱 맞는 말이었다. 급기야는 넌지시 재취 자리까지 꺼내는 사람이 있어 할아버지를 화나게 했다. 그때는 병원에서 아기를 낳는 경우보다 집에서 산파의 도움으로 해산을 하는 사람들이 많았는데 자칫 난산이나 기타 지병의 악화로 산모가 목숨을 잃게 되는 일도 꽤 있었다. 따라서 사별로 젊은 나이에 홀아비가 되는 사람들이 요즈음보다는 훨씬 많이 있었던 모양이다.

"한번은 미국의 Y대에서 박사학위를 받고 돌아온 홀아비 신랑 후보를 누가 얘기했어. 할아버지가 얼마나 역정을 내시는지 소개했던 사람이 혼쭐이 나서 내뺐지 뭐니. 내심 좀 관심이 갈 만한 사람이었는데."

"그 시대에도 미국 유학생이 있었나 보지요? 그때 그렇게 좋은 대학에 한국 학생이 갈 수 있었나? 그럼 할아버지 몰래라도 한번 만나 보시지 않고."

"그때는 2차대전 전이었으니까 돈만 있으면 미국이든 구라파든 다 갈 수 있었지. 그런데 나이는 10년 가까이 차이가 났어."

"열 살 정도야 아무것도 아니지, 뭐. 만약에 엄마가 그 남자하고 잘되었더라면 미국 가서 속 편하게 살았을지도 모르겠네. 식민지 나라에서 가난한 총각 우리 아버지를 만나 일생 고생만 했다는 소리도 안 나왔을 테고, 그 넓은 신천지에서 신나게 세상 구경도 많이 하고. 에이, 아까워라. 나 같으면 어떻게든 일단 만나는 봤겠다. 엄마는 뭐 자신의 인생이 걸린 문젠데 어떻게 외할아버지한테 전적으로 맡겼지? 그때 그 학교에서 박사학위 받은 사람이 진짜 몇 명 안 되었을 텐데 우리가 지금 그 사람이 누군가 알아볼까? 하하하…."

지나간 어머니의 혼담 얘기가 우리들은 재미있었다.

아버지를 만나
결혼까지

어머니가 우리 아버지(李弘稙, 국사학자, 1909~1970)를 만나서 결혼하게 된 일은 우리 형제들에게는 우리의 존재 여부를 결정지은 중대 사건이다. 하지만 당사자들인 두 남녀에게는 그 당시의 결혼방식에서 보면 지극히 평범하고 밍밍한 만남이었다.

아버지의 동경제대 동기동창이자 친한 친구이며 언어학자이신 류응호 선생님(언론인 류근일 씨의 선친) 댁이 우리 외가와는 세교가 있었던 집안이었다. 류 선생님이 외할아버지께 친구인 우리 아버지를 소개한 것이 우리 부모님 인연의 시작이었다. 그때 류 선생님은 이미 수원의 갑부댁 규수를 아내로 맞아들였던 새신랑이었다.

외할아버지는 류 선생님이 소개한 신랑감이 하늘에서 뚝 떨어진 복인 양 기뻐하시고 당장 만나 보셨다. 어머니는 그 얘기를 하시며 할아버지가 결혼조건을 충분히 알아보지 않으셨던 것을 두고두고 원망하셨다.

"다른 말할 것 없다. 이 군이 네 천생배필인 게야. 한산(韓山) 이씨 양반댁 자제에 동경제대 졸업하고 번듯한 직장인이면 조건이야 더 말할 것도 없지. 맏며느리인 것이 좀 걸리지만 시댁은 동경에 살고 계시니 너희 둘이서 오붓하게 살면서 열심히 벌고 저축하면 곧 집 장만도 할 테고…. 얘, 천석꾼 안 부러울 조건이다. 시어른이 자식교육 때문에 일본에 가셨다니 막내 시동생 교육이 끝날 때까지 서울에 오시겠냐? 너도 만나 보면 알겠지만 무엇보다 참 사람이 깨끗하게 생겼더라. 행동거지 겸손하고 더 말할 것도 없는 선비더라."

어머니가 아버지를 만나 보기도 전이었는데 외할아버지는 이미 사위라도 얻은 듯이 흐뭇해서 어쩔 줄 몰라 하셨다.

"경자도 곧 결혼해야 할 나이인데 너 때문에 저러고 있잖니? 동경제대 나오고 스물일곱 살의 총각이 어디 있겠니? 네가 그래도 결혼 운이 트여서 이런 혼처가 나온 거지."

그건 사실이었을 것이다. 남자 스물일곱 살이 되도록 미혼이면 당시로서는 노총각 축에 낀다. 더구나 하늘같이 높은 동경제대를 나온 신랑감이 아닌가. 이런 신랑감을 주위에서 그냥 놔두었다는 것이 믿어지지 않는다고 하시며 외할아버지는 어머니를 압박했다. 슬슬 재취 자리 얘기까지 나오는 노처녀 딸 때문에 여간 마음이 쓰이지 않았던 외할아버지는 이미 마음속으로 모든 것을 결정한 것이다.

"그래서 어머니가 아버지하고 맨 처음 데이트인지 '미아이(見合)'를 했을 때 아버지가 어떻게 보였어요? 첫눈에 '아, 이 사람이다.' 하는 생각이 들지 않았어요?"

"쟤는, 첫눈에 반하기가 그렇게 쉬운 줄 아니? 외할아버지가 하도 좋은 말만 하셔서 그런지 처음 만났을 땐 기대에 영 못 미치더라. 키도 작고. 글쎄 귀가 눈에 띄게 짝짝이인 것을 할아버지는 보지도 못하신 거야. 얼굴 생김새는 그만하면 얌전했고 피부도 깨끗했고. 그런데 일본에서 오래 살아서인지 좀 일본 사람 같은 인상이었어. 외할아버지 눈에 완전히 콩껍질이 씌었으니 그런 것도 보이지 않으셨던 모양이야. 안 그랬다면 '그놈 꼭 왜놈같이 생겼더라.' 하고 그 자리에서 퇴짜를 놓으셨을 텐데 말이야."

당사자는 밝은 눈으로 볼 것을 다 보았는데 외할아버지는 정말 눈에 콩껍질이 씌었던 걸까. 아니면 다급한 마음에 흠이 될 수 있는 걸 보시고도 못 본 척하셨는지 알 수는 없다. 우리 부모님의 결혼은 일사천리로 진행되었다.

그해(1936년) 8월 초 어느 토요일에 미쓰코시(三越)백화점 (지금 신세계 자리) 식당에서 처음으로 만난 이홍직 군과 서경남 양. 피차 돈이 없기는 마찬가지였기에 누구의 돈으로 먹든 아주 조촐한 메뉴(어머니 기억으로는 카레라이스인지 오무라이스인지)로 점심을 먹고 본정통(지금의 명동)에 있는 찻집에서 차를 마셨다. 그래도 몇 시간 같이 지내며 얘기가 되는 상대라는 것을 피차 확인하고 다시 만날 약속을 했다. 요샛말로 '애프터'의 기대를 안고 집으로 돌아간 것이다.

"저녁도 안 사 주고 그냥 가래? 남자 측에서 마음에 들었으면 활동사진이라도 보자고 시간 좀 끌면서 저녁까지 먹여 보내야지. 안 그래요?"

"얘기를 들어 보니 느이 아버지도 월급의 반 이상을 가족에게 송금해야 할 정도로 집안이 힘들었던 거야. 빤한 주머니 사정을 아는데 만나서 괜히 돈 쓰면 뭘 하니? 그때 느이 아버

140

지가 대학을 졸업하고 이왕직장서각(李王職藏書閣)에서 일하고 계셨지만 그게 정부기관이니까 월급이 별로 많지 않았지 뭐."

"첫 만남에서 상대방의 주머니 사정까지 챙겼던 것 보면 어머니도 이홍직 군을 결혼 상대로 생각은 했던 모양이지? 하하하."

"뭐, 할아버지는 내가 느이 아버지를 만나러 나갈 때부터 다 된 걸로 작정을 하셨으니까. 나도 결혼은 해야겠고, 객관적 조건으로는 이만한 혼처는 나오기 어려운 것을 알기는 했지. 사실 느이 아버지가 얼마나 착한 사람이냐? 만나 보니 단번에 사람은 진국이구나 싶었어. 너무 호인이라 제 몫도 제대로 못 챙긴 사람이라 내가 나중에 고생을 얼마나 했냐?"

우리 부모님들의 첫 만남은 결혼 가능성을 탐색하는 맞선의 자리가 아니라 이미 다 결정된 혼사를 진행시키는 첫 단계의 절차였던 셈이었다. 8월 초에 처음 만나서 11월 5일 결혼식까지 결혼 준비만으로도 빠듯한 기간이었다. 시댁 어른들이 다 동경에 계셨으니 신랑은 고아나 다름없이 모든 일을 혼자 결정하고 진행해야 했다. 양가 상견례도 약혼 절차도 다 생략하고 결혼식만 하기로 했다. 무엇보다도 그 시대 법도를 따지는 양반들과는 거리가 먼 실용주의자 외할아버지의 적극성이 모든 일을 쉽게 했다.

"간단해서 좋구나. 이왕이면 한 살이라도 더 나이 먹기 전에 연내에 해치우자."

외할아버지는 신바람을 내셨다. 이홍직 군으로 말하면 이런 장인의 태도가 고마웠다. 격식 차리고 모든 절차를 남들하는 대로 하려면 비용도 많이 들고 실속은 없으니까. 그런데 서경남 양은 좀 달랐다. 약혼기간도 좀 갖고 뭐라도 평생 기억에 남는 일을 만들면서 정을 키우고 싶었다. 당연한 여자의 마음이었으리라. 그때 어머니의 야속했던 심정을 우리들은 두고두고 푸념처럼 들어야만 했다.

"애, 글쎄 집 사고파는 것도 아닌데 처음 만나고 석 달 만에 결혼식이라는 게 말이 되니? 두 번째 만났을 때부터 집 얻을 돈, 결혼식 비용 같은 돈 얘기를 해야 했으니 말이다. 돈이나 좀 준비된 상태에서 그런 의논을 했다면 요리조리 돈 써 볼 궁리에 재미도 있었겠지만 양쪽 다 저축한 건 한 푼도 없고 집안에 바랄 처지도 아니고 다 우리가 빚내서 준비해야 했으니 참 속상하더라."

약혼시절에 뭐 재미있는 일이나 있었나 하고 궁금해서 물었지만 별다른 대답은 없었다. 그 시대의 이 군과 서 양의 경제형편을 미루어 보면 그랬을 것 같다. 어머니의 결혼 준비금은 둘째 외삼촌 와세다 입학비용으로 다 나갔고 아버지는 혼자 서울에서 하숙하며 동경에 있는 일곱 식구(부모님과 5명의 동생들)를 부양하기 위해 월급의 대부분을 송금하고 있었다. 두 사람 다 수중에 돈이라고는 없었다. 그래도 직장에서 보증을 받아 은행대출이 가능했던 것은 다행이었다.

최소로 잡은 결혼비용은 300원. 아버지는 200원을 대출받아 사글세(월세 20원에 보증금으로 6개월 세)를 얻었다. 어머니 직장인 숙명고녀 가까운 중학동에 있는 방 세 개의 일본식 집이었다. 어머니는 100원을 얻어 신혼살림에 필요한 가구며 그릇 등의 소품을 장만했다.

당시 서울 시내에 몇 군데 되지 않았던 양식 결혼식장인 부민관 예식부에서 우리 부모님은 결혼식을 올렸다. 신랑 이흥직 군은 어찌어찌 제대로 된 턱시도 예복을 하나 장만했고 신부 서경남 양은 하얀 치마저고리에 뒤로 길게 끌리는 면사포를 썼다. 결혼사진 속 신부는 면사포를 앞으로 끌어내어 둥그렇게 펼쳐 놓았다. 그 시대의 최신식 스타일이었던 모양이다. 지금 봐도 사진 속 신부는 예쁘기 그지없다. 하지만 제대로 된 웨딩드레스가 입고 싶으셨던 어머니는 나중까지 한복 입고 찍은 결혼사진을 못마땅해 하셨다. 아마도 그때 남자 예복은 여자들의 웨딩드레스보다는 많이 비싸지 않았다. 그에 비해 여자들의 웨딩드레스는 무척 비쌌다. 남자 예복을 입는 사람이 많았지만 웨딩드레스를 입을 정도로 신식이고 또 돈이 많은 신부는 별로 많지 않았다. 흰 한복이 더 보편적인 신부복이었다.

맏아들의 결혼식에 참석도 못 하셨던 할아버지 할머니는 동경에서 결혼사진을 보시고 감격의 눈물을 흘리셨다고 한다. 선녀같이 예쁘고 능력 있는 며느리라고 온 동네 사람들에게 사진을 보여 주며 자랑을 끝도 없이 하셨다. 일본 사람들에게도 동경제대와 나라여자고등사범의 결합은 부러움을 사기에 충분했을 것이다.

우리 부모의 학벌을 얘기하면 깜짝 놀라며 머리를 조아리는 일본 사람들이 있다. 대부분 나이 드신 분들이었지만 그때마다 우리 어머니가 학교에 대해 가졌던 자부심이 결코 근거 없는 것은 아니라는 것을 확인하곤 했다.

신혼생활의
고난

　결혼 후 한 달쯤 지났을까. 아버지는 미안해 하며 월급봉투
를 어머니에게 내밀었다.

　"글쎄, 느이 아버지가 결혼 준비로 대출받을 때 200원이 아
니라 400원을 받았다지 뭐야. 결혼하고 나면 여러 가지 돈 들
어갈 데가 많아 동경에 계시는 부모님께 생활비를 제때에 보
내 드리기가 어려울 듯해서 400원 중 200원을 동경에 미리 부
쳤다지 뭐니? 신혼 첫 달부터 배로 불어난 빚을 월부로 제하
고 정말 쥐꼬리만 한 월급을 가져온 거야. 누구한테 하소연도
못 하고 그렇게 답답하고 속이 상할 수가 없었어."

어머니가 기대했던 신혼의 즐거움이 어떤 것이었는지 우리는 별로 듣지 못했다. 그러나 아버지의 얄팍한 월급봉투와 이것을 받아들고 황당했던 어머니 얘기는 우리가 여러 번 들었다.

"어머나, 그치만 아버지도 어쩔 수 없었겠지, 뭐. 그래도 엄마가 제 부모도 안 챙기는 무책임한 남자하고 결혼했으면 좋았겠나 생각해 보세요. 어쨌든 착한 남자, 효자 남편이 그렇지 않은 사람보다야 백배 낫지 뭘. 그런 일로 보따리 쌀 수는 없는 거지요. 그래도 황당하기는 했겠네."

팔이 안으로 굽어서 그런지, 아니면 실감을 못 해서 그런지 몰라도 우리가 어렸을 때는 아버지가 하신 일이 옳았다고 생각했다. 어머니에게 의논을 못 한 것은 잘못이지만 한 달 동안 아버지가 얼마나 미안해 하며 고민했을까 생각하니 아버지께 화를 낸 어머니를 이해하기 어려웠다. 그렇지만 우리도 결혼을 하고 내 살림을 챙겨야 하는 입장에서 다시 그 얘기를 생각해 보니 그런 상황에 놓였던 부모가 한없이 가여웠다. 만약 내가 어머니 같은 입장에 놓였다면 과연 나는 남편에게 잘했다고 등을 두드려 주었을까.

그런데 어머니의 신혼생활에서 여기까지의 일은 아무것도 아니었다. 첫 아이(지금은 내가 맏딸이지만 실제로는 내 위로 어려서 죽은 맏딸인 언니가 있었다.)를 임신하고 한창 입덧이 심했던 때에 동경에 살던 시댁의 일곱 식구 중 5명이 느닷없이 방세 칸짜리 셋집으로 들이닥친 것이다.

할아버지가 하시던 작은 사업이 완전히 부도가 나는 바람에 어쩔 수 없이 가족들이 서울에 자리 잡은 큰아들을 믿고 무작정 귀국하셨던 것이다. 아버지보다 여덟 살 아래의 동생은 동경의 쇼와(昭和)상업학교를 막 졸업하고 지방의 전기회사에 취직이 되어 그곳에 남았다. 열두 살 아래 동생은 동경 부립오중(東京府立五中) 재학생이었는데 공부를 아주 잘해서 그를 아끼던 일본 선생님이 자식같이 돌보겠다고 자청하셔서 일본에 남게 되었다. (두 분이 20대의 청년 시절에 폐결핵으로 돌아가신 것은 우리 집안의 큰 손실이었다.) 그래서 할아버지, 할머니, 셋째 삼촌(13세), 고모(11세), 막냇삼촌(5세)은 우리 부모님의 4개월 된 신혼집을 순식간에 일곱 식구의 대가족으로 바꾸어 버렸다.

'시어른이 자식교육 때문에 동경에 가셨다니 막내 교육이 끝날 때까지는 너희들끼리 오붓하게 살며 저축하면 천석꾼이 왜 부럽겠냐?' 어머니의 결혼을 설득하시던 외할아버지의 기대가 물거품이 되어 버렸다. 하지만 시어른을 모시는 것이 당연한 법도였다. 외할아버지는 경제적인 도움은 못 주셨지만 어머니를 많이 격려하고 위로하셨다.

"젊어서 고생은 사서도 하는 것이다. 시댁 어른들이 점잖으시니 너를 많이 힘들게 하시지는 않을 거다. 시동생들도 다 똑똑하니 열심히 뒷바라지하면 끝이 좋을 것이고. 어쩌겠니, 세상일이 어디 그렇게 마음같이 되겠냐? 열심히 살면 좋은 날이 올 거다."

사실 외할아버지는 엄마가 안됐다는 생각에 속이 많이 언짢으셨을 것이다.

나의 평화특구
할머니

　우리 어머니 인생무대에 등장했고 그 후 15년간 좋든 싫든 한집에서 운명공동체로 살았던 친할아버지와 친할머니 그리고 어머니의 시동생들인 삼촌들과 고모에 대해서 간단하게나마 얘기하지 않고는 어머니의 얘기를 계속할 수 없다.

　우리 할아버지 이승대(李承大, 1888~1951)와 할머니 김복동(金福童, 1889~1950)은 한국전쟁이 나던 해와 그 이듬해에 연달아 돌아가셨다. 내가 열세 살이 될 때까지 줄곧 한집에서 살았기 때문에 나는 그분들에 대해 아름다운 추억을 많이 간직하고 있다.

일제강점기와 1, 2차세계대전의 어려운 시대를 겪었고 얼마 후 한국전쟁까지 발발했다. 더는 못 견디겠다고 생각하셨는지 환갑을 겨우 넘기고 일찌감치 두 분이 앞서거니 뒤서거니 이 세상을 떠나셨다. 어찌 보면 착하게 사신 분들이라 그래도 돌아가시는 복만은 하늘이 주신 게 아닌가 할 만큼 병석에 눕지도 않으시고 가셨다. 그분들은 그때까지 이미 파란만장의 세월을 사신 것이다.

할아버지는 비교적 큰 키에 깡마른 체구, 긴 얼굴, 긴 눈에 예리한 눈빛으로 그저 무섭기만 한 분이었다. 나중에 싱가포르의 리콴유 수상 사진을 보고 우리 할아버지랑 닮았다는 생각을 했다. 할아버지는 명석한 분이셨다. 그 시대 보통 사람들은 생각하지 못했던 것을 내다볼 줄 아는 열린 생각의 소유자였다.

반면 할머니는 키도 작으셨고 둥글둥글하고 씨암탉같이 펑퍼짐했다. 삼대독자 할아버지께 9남매를 '생산해 드려서' 할아버지의 함자 그대로 '크게 대를 잇는(承大)' 소원을 풀어 드렸다. (자식 중 셋은 애기 때, 두 아들은 다 커서 잃으셔서 성인이 된 자녀는 3남 1녀였다.) 할머니는 유순하고 낙천적이어서 조급할 일이 없고 편안했다. 할아버지가 파안대소를 하시는 걸 못 봤지만 할머니가 화난 얼굴도 한 번도 본 적이 없다. 항상 긴장감을 느끼게 하는 할아버지나 우리 어머니와는 퍽 대조적이었다. 그런 '대책 없이 맘 편한' 할머니가 늘 답답했던 어머니는 혼자서 속을 팔팔 끓일 일이 항상 일어났다.

교편을 잡고 있으면서 연년생으로 우리 형제들을 낳은 우리 어머니는 나에게 멀고 먼 존재였다. 어린 시절에 할머니가 안 계셨다면 내가 어떤 인간으로 자랐을까를 가끔 생각할 정도로 할머니는 나의 인격 형성에 많은 영향을 주셨다.

할머니는 항상 무슨 일이라도 있으면 조르면 되는 상대였다. 할아버지 몰래, 엄마 몰래 할머니를 졸라 동네 가게에서 불량식품(그때는 불량식품 아닌 게 없었으니까)이랑 아이스케키도 사 먹었다. 그러다 할아버지께 들키기라도 하면 불호령을 맞고 할머니 치마폭에 숨었다. 그곳은 나에게 안전한 공간이었다.

할머니는 책읽기를 무척 좋아하셨고, 아버지는 할머니께 책을 열심히 대 드린 효자였다. 할머니는 우리가 서너 살 때부터 『춘향전』이나 『심청전』, 『장화홍련전』은 물론 『김태자전』, 『숙영낭자전』 같은 언문소설을 읽고 얘기해 주셨다. 내가 댓 살이나 되었을 때는 할머니 어깨너머로 배워 한글을 깨우쳤고, 할머니께 책을 많이 읽어 드렸다. 띄어쓰기가 제대로 안 된 옛날 책을 읽는 것은 아주 어려웠다.

우리가 본격적으로 할머니의 '책 읽어 주는 소녀들'이 된 것은 초등학교에 들어간 이후부터다. 할머니의 눈이 침침해지셔서 작은 글씨로 인쇄된 현대소설을 읽기 힘들어 하셨기 때문이다. 연년생인 아래의 두 동생도 거의 동시에 한글을 깨쳤지만 띄어쓰기가 안 된 책 읽기에 서툴렀다. 할머니는 그나마 좀 나은 나를 불러 책을 읽게 하셨다. 덕분에 어린 나이에 우리는 『삼국지』니 『임꺽정』 같은 긴 소설을 끝도 없이 낭독했다.

내용의 의미를 얼마나 이해했는지는 알 바 아니었다. 지금도 기억하는 것은 '운우의 정'이 어쩌고, 누구와 누가 '배가 맞아서' 같은 표현이 나올 때 내가 그 뜻을 할머니께 물어보면 "그냥 그곳은 넘어가거라." 하며 웃기만 하셨다. 나중에는 내가 미리 알아차리고 그 비슷한 얘기가 나오면 "여기는 그냥 넘어갈까요?" 하고 묻곤 했다. 그때마다 할머니는 "그래, 그래." 하고 웃으셨다.

옆으로 편안히 누워 우리가 읽은 것을 들으시며 어떤 때는 코를 골며 잠이 드시기도 했다. 우리 자매들은 누워 계신 할머니 옆에 옹기종기 앉아서 암탉날개 밑에 병아리가 들락날락하듯 책도 읽고 장난도 치며 노는 시간이 퍽이나 많았다. 어머니는 어쩌다 그런 장면을 목격하고는 싫은 기색을 감추지 않았다. 할머니가 우리 나이에 안 맞는 내용을 많이 읽게 하는 것이 못마땅했고, 보통은 할머니가 애들에게 동화책을 읽어 주는데 할머니는 편안히 누워 애들이 책 읽는 것을 듣고 계신 것이 싫었던 것이다. 할머니도 며느리의 기색을 알아차리시고는 어머니가 집에 계실 때 우리가 책을 읽어 드린다고 하면 "애들아, 옛날 얘기 좋아하면 가난하게 산단다." 하고 터무니없는 말로 얼버무리셨다.

광산(光山) 김씨였던 우리 할머니 집안은 거의 대가 끊어진 쇠락한 문중이었지만 늘 우리를 데리고 친정 가문 자랑을 하셨다. 집안형편이 웬만만 했어도 한산 이씨하고는 결혼할 일이 없었을 것이라는 둥, 달성(達城) 서씨(우리 어머니 친정)는 양반 축에도 못 든다는 둥 말씀하셨다. 할아버지는 들으실 때마다 "원, 애들 데리고 쓸데없는 소리만 하네. 그래, 당신 집안이 그렇게 잘났으면 남자들이 그렇게 술로 명 재촉들을 했겠어. 술주정뱅이들이 들어먹은 집안 얘기가 뭐 자랑이라고." 하며 혀를 차셨다. 두 분의 기울어 가는 양반가문 기(氣)싸움 덕택에 우리는 어린 나이에 광김연이(光金延李, 우리나라 인구의 가장 많은 성씨인 김씨와 이씨 중에 제일 지체가 높은 가문인 광산 김씨와 연안 이씨)라든가 앙혼(仰婚), 부혼(伏婚) 같은 생전 쓰지 않는 어려운 한자 용어를 일찌감치 알게 되었다.

할아버지는 늘 할머니가 하시는 말마다 '쓸데없는 소리'라고 핀잔을 주셨지만 두 분은 참 의가 좋으신 듯했다. 닭띠에 낳으신 우리 아버지 아명이 유득(酉得)이었기 때문에 할아버지는 할머니를 늘 '유득모'라고 부르셨는데 뜻을 모르는 우리에게는 그 이름이 '유등모'로 들렸다.

두 분이 얘기하시는 것이 우리에게 이해가 안 되었던 것들이 많았다. 할아버지가 "유등모, 저 거시기, 그때 그 사람, 그 일 어떻게 되었지?" 정도만 말씀하시면 할머니가 금세 알아들으시고는 "아, 그거 다 잘되었대요." 하고 의사소통이 되는 것이었다. 우리는 가끔 할머니를 놀리느라고 할아버지 흉내를 내면서 "유등모, 저 거시기, 그것 좀 주구려." 하고 까불면서 먹고 싶은 것을 얻어 내며 깔깔거렸다. 우리가 어른이 된 다음에야 두 분을 좀 더 깊이 이해하게 되었다. 두 분이 남다른 인생여정에서 모든 고비를 같이 겪으시면서 두 마음이 곰삭을 대로 곰삭아 하나가 된 경지에 다다른 것이 아니었을까 하는 생각이 들었기 때문이다.

순둥이 우리 할머니는 환갑잔치까지 잘 챙겨 잡수시고 그 이듬해 한국전쟁이 나고 한 달도 안 된 7월 중순에 막내 손자와 오후 낮잠을 주무시다가 깨어나지 못한 채 말 그대로 '자는 듯이' 곱게 돌아가셨다. 갑자기 일어난 일이라 우리는 너무 놀랐다. 그나마 다행인 것은 전쟁 난 지 얼마 되지 않아 식량 걱정도 하기 전이었고 폭격도 심해지기 전이라 장례 치르는 자식들을 별 고생시키지 않았다. 할머니가 돌아가신 것은 나에게 '평화특구' 같은 자장(磁場)이 사라진 것 같은 허망함이었다.

안아 드리고 싶은
할아버지의 깡마른 어깨

할아버지의 인생은 좌절의 연속이었다. 할아버지는 고지식하고 깐깐한 천성을 지니셨다. 불우한 시대를 살면서 이 천성을 깎아 먹는 아픔을 숙명으로 지니고 사셔야 했다.

구한말, 실낱같은 명맥을 유지하던 쇠락한 양반가문의 삼대독자로 경기도 이천에서 태어났다. 할아버지가 어떻게 해서 어린 나이에 서울에 올라와서 신식교육기관인 관립한성고등학교의 초기 졸업생이 되었는지는 자세히 아는 가족은 없다. 이미 돌아가신 우리 고모는 할아버지가 한성고등학교의 1회 졸업생이라고만 기억하셨는데, 한성고등학교는 1900년에 설립된 관립한성중학교가 1906년에 관립한성고등학교로 이름이 바뀐 것이고 1911년에 다시 경성고등보통학교(경성고보)로 개명, 1920년에 경기중학교로 정착했으니까 말하자면 우리 할아버지는 경기고등학교의 원조 졸업생인 셈이다.

정확한 기록이나 가족들의 기억은 없지만 1909년에 우리 아버지도 할아버지가 태어난 경기도 이천(京畿道 利川郡 麻長面 午川里)에서 태어났고 아버지와 2년차로 애기 때 죽은 우리 고모가 태어난 곳이 경기도 연천으로 호적에 나와 있다. 할아버지가 연천의 소학교 훈도(교사)로 부임하신 직후였던 것으로 추정된다. 아마도 1906~1911년 사이에 할아버지는 한성고등학교를 졸업하고 결혼, 득남, 취업, 연천으로 이주했던 것 같다.

한일합방을 전후로 한 시기에 스무 살이 갓 넘은 청년, 우리 할아버지는 그 당시로서는 서울에서 신식 교육을 받고 내려온 시골 소학교의 엘리트 교사였을 것이다. 암울한 나라와 자신의 앞날을 생각하면 시골에 갇혀서 일생을 보내야 한다는 절망감 때문에 견딜 수가 없었을 것이다. 그러나 그분의 고민을 나눌 사람은 아무도 없었다. 우리 할머니는 처음부터 남정네들이 사는 바깥세상은 전혀 모르는 전통적인 여인이었다.

우리 아버지가 소학교 저학년에 다니던 어느 날 할아버지가 돌연 가출을 하셨다. 물론 할머니에게도 아무 말 하지 않은 채 학교를 그만두고 떠나신 것이다. 집안에 돈이 될 만한 물건도 변변히 없었으니 들고 나갈 것도 없었고, 그 얼마 되지 않은 월급에서 몰래 따로 떼어 모으셨는지, 어떻게 어렵사리 여비를 마련해서 동경까지 가신 것이다. 몇 달 후에 동경에서 소식이 올 때까지 식구들이 겪은 심적 고통은 이루 말할 수 없었다. 할머니는 뭐라도 알 것으로 믿고 닦달하시는 집안 어른들께 얼마나 민망스러웠는지 몸 둘 바를 모르셨다고 했다.

할아버지는 편지에 몸 성히 살아 있다는 것, 일자리를 찾아 열심히 돈을 모으고 있으니까 식구들의 여비가 모아지면 귀국하여 할머니와 아버지, 그리고 아버지와 8년 차이의 애기였던 삼촌을 데리고 동경으로 가겠다는 것, 이제 제 나라도 없는 백성이니 이왕이면 대처에서 부대끼면서 자식들 교육이나 열심히 시키면서 살 계획이라는 내용을 전했다. 할머니가 가끔 우리를 붙들고 그때의 황망하고 난감했던 얘기를 하셨지만 워낙 우리가 어렸을 때라서 할머니의 심경을 헤아리지 못했다.

아버지가 만 열 살이 되던 해(1919년) 할아버지는 가출한 지 2년여 만에 동경에 식구들의 거처를 마련해 놓고 할머니와 아버지 형제를 데리고 가려고 일시 귀국하셨다. 할아버지는 동경에서 큰 상점의 직원으로 일을 하셨는데 워낙 정직하고 꼼꼼해 주인의 신임을 얻으셔서 꽤 살 만하게 자리를 잡아 가고 있었다.

세상이 넓다는 것을 알고 계셨던 할아버지는 어차피 이 땅이 내 나라가 아니라면 이왕이면 좀 더 넓은 세상으로 나가 보자 하고 서울도 아닌 동경까지 그냥 내친김에 가신 모양이다. 전통적인 유교사회에서 가문의 체면에 묶여 있었다면 운신의 폭이 좁았을 텐데 그걸 과감하게 버리고 탈피를 시도하셨다. 그렇지만 그때까지 서울도 못 가 본 할머니가 그 멀고 낯선 땅, 말도 통하지 않는 동경에 간다는 것은 기가 막힐 노릇이었다. 그래도 남편이 데리러 온 것에 감지덕지하며 따라 나설 수밖에 없었던 순한 시골 아낙이 바로 우리 할머니였다.

아버지가 동경에서 소학교 4학년으로 들어가서 서투른 일본말을 익혀 가며 2년 만에 동경부립일중(東京府立一中)에 합격한 것은 대단한 일이었다. 이 학교는 일본에서 가장 경쟁이 심한 중학교로 일본 사람들도 한 번에 들어가는 사람들이 많지 않았다. 거기서 우리 아버지가 조선 사람으로는 최초로 시험에 합격하여 입학한 것이다. 아버지의 동경부립일중 합격으로 할아버지가 온갖 무리를 무릅쓰고 감행한 동경으로의 솔가가 정당화되었고 할아버지는 인생과업 제 1단계를 성취하신 듯 기뻐하셨다.

아버지가 1학년 갑반(甲班)에 배정된 것은 전혀 성적순이 아닌데도 누구에게나 아들 얘기를 하실 때는 꼭 '부립일중 1학년 갑반'이라고 하셔서 아버지가 너무도 민망스러우셨다고 여러 번 우리에게 웃으시며 말씀하셨다. (그 시대에는 성적을 매길 때 '갑을병정'의 순서를 사용했기 때문에 갑이라면 제일 우수한 것을 의미했다.)

할아버지가 남의 밑에서 그냥 월급쟁이로 사셨다면 어땠을까? 가난하기는 해도 그럭저럭 살아갔을 것이다. 하지만 모험을 좋아하는 할아버지는 여러 가지 자영업을 벌이고 실패하기를 반복했다. 그 과정에서 식구들이 많은 어려움을 겪었다.

동경에 이주하고 난 후에 할머니는 거의 2년마다 규칙적으로 다섯 아이를 더 낳으셨다. 조선의 시골에서 두 아기를 잃으셨는데 그래도 동경에서는 의료환경이 나아서인지 다섯 아이 중 어려서 잃은 자식은 네 살 때 홍역을 앓았던 끝에서 두 번째 아들뿐이었다. 식구는 늘고 할아버지의 일은 여의치 못했다.

한때 제과점을 하셔서 꽤 큰돈을 버시기도 했다지만 우리 할아버지 유전자 안에 장사 소질은 없었던 것 같다. 게다가 우리 할아버지에게는 '장님이 문고리 잡는' 것 같은 우연이나 '대박'은 아니라도 어쩌다 잡게 되는 작은 행운도 따르지 않았다. 처음으로 사업이 자리 잡혀 갈 즈음 동경을 초토화시킨 관동대지진(關東大地震, 1923년 9월 1일)이 발생한 것이다.

관동대지진(리히터 규모 7.9)은 인명피해나 경제사회적인 손실로 보아 일본의 역사상 그 유래가 없었던 규모였다. 동경의 사분의 삼이 파괴되었고 10만 명 이상의 사상자가 생겼다. 그런데 그 와중에 엉뚱하게 더 큰 희생을 당한 사람들이 당시 일본에서 살고 있던 조선인들이었다.

한동안 계속되었던 극심한 경제적 혼란과 치안부재에서 악성 유언비어가 판을 쳤다. '조선인들이 약탈, 방화를 자행한다', '식수원에 독약을 살포해서 일본인들을 죽이려 한다'는 소문이 퍼져 동네마다 임시로 조직된 일본인자위대가 조선인들을 집단 폭행하고 살해하는 끔찍한 일이 생겼다. 일본정부에서도 속수무책이었다. 정부의 재해대책이 제대로 이루어지지 않는 상황에 일본인들의 불만이 조선 사람들에게 분출되었던 것이다. 조선 사람들은 이중의 희생을 치러야만 했다. 조선 사람들이 집단으로 모여 살던 지역에서는 광기가 충천한 일본인들의 칼과 죽창에 사살된 사람들이 지진으로 죽은 사람들의 수를 능가했다.

애초에 할아버지는 단독으로 일본에 가셨기 때문에 처음부터 일본 사람들과 섞여 살고 있었다. 또 동네에서도 점잖은 집안, 아이들도 반듯하게 키우는 성실한 가족으로 인정받고 있었기 때문에 폭도들이 조선인 색출을 벌일 때 이웃에서 잘 숨겨주고 보호해 주어서 우리 가족은 간신히 위기는 모면했다. 그렇지만 그때의 두려움과 일본사회에 대한 실망으로 할아버지는 일본에 대해 정나미가 떨어져 버렸다. 나중에도 할머니는 우리에게 가끔 그때의 얘기를 해 주셨지만 할아버지는 도통 말이 없으셨다. 뿐만 아니라 "애들 데리고 쓸데없는 소리 하지 마." 하고 할머니에게 역정을 내시기도 하셨다.

대지진 이후 할아버지의 생업은 회복되지 않았다. 몇 번의 업종전환을 하며 어렵게 가계를 꾸려 나갔다. 그래도 자식들이 공부는 잘해서 장학금도 받고 독지가의 후원을 받아 학업을 계속할 수 있었다. 큰아들은 동경제대까지 졸업했다. 큰아들인 아버지가 서울에서 결혼하고 정착하자 할아버지는 대식구를 데리고 귀국했다. 초로에 접어든 나이에 타향살이가 힘들고 지겨웠던 것이다.

일생 동안 부지런하게 사시고 체면을 목숨같이 아셨던 그분에게는 '무위도식'은 평생 없었다. 새댁이었던 며느리, 우리 어머니에게 미안해 하시면서 무슨 일이라도 찾아 하셨다. 서울에 오신 후에도 동회직원으로까지 취직해서 오랫동안 일을 하셨다. 일제 말기에 극심한 식량난 때문에 배급제도가 실시되었다. 그때 우리 식구는 빠짐없이 배급을 받을 수 있었는데 그것이 할아버지의 덕이라고 나중에 할머니가 말씀해 주셨다. 해방 후 아버지가 국립박물관 부관장으로 부임하여 마당이 넓은 관사에 살았을 때 할아버지는 닭도 키우고 채마밭도 열심히 가꾸셔서 살림에 보탬을 주셨다.

깡마르고 구부정한 체구로 언제나 부지런히 몸을 움직이시던 할아버지. 통 말은 없으셔서 늘 외로워 보였던 우리 할아버지. 불우한 시대에 태어나서 젊은 날의 꿈이 산산이 좌절된 할아버지의 일생도 소설보다 진한 '어떤 인생의 이야기'가 되기에 충분하다.

미국에서 공부할 때, 우리 할아버지와 비슷한 연배의 이민 노인들 성공담을 들은 적이 있다. 우리 할아버지가 가출해서 일본까지만 가지 말고 내친김에 좀 더 후한 '기회의 땅' 미국까지 뻗었더라면 우리 가족의 삶은 달라지지 않았을까, 하는 상상을 해 보곤 했다. 할아버지 고생은 일본과 비슷했을 테고 아버지는 동경제대가 아닌 하버드나 예일 졸업생이 되지 않았을까. 넓은 세상에서 아이들에게 최고의 교육을 받게 하는 것이 할아버지의 목표였으니 할아버지의 인생도 성공적이라고 할 수 있지 않을까.

어려서는 할아버지가 무섭기만 했는데 철이 들고 나서야 할아버지의 깡마른 어깨를 따뜻이 안아 드리고 위로해 드리고 싶어졌다.

동경부립일중 1학년 갑반,
우리 아버지

할아버지의 일생일대의 기쁨이자 자랑은 동경부립일중 1학년 갑반에 들어간 우리 아버지였다. 대식구 어려운 살림에서 장남의 책임감이 어려서부터 아버지를 따라다녔지만 아버지는 할머니를 닮아 천성이 낙천적이었고 무엇이나 긍정적으로 열심히 하는 것밖에는 딴 길이 없다고 믿었던 분이시다.

당시 일본의 수재들은 부립일중에 들어가면 그 다음 목표는 동경제일고(東京第一高)의 진학이었다. 중학교가 5년제였지만 우등생들은 4학년을 마치고 고등학교 시험을 치를 수 있었다. 1년이라도 기간을 단축하려고 아버지도 일고(一高)

에 시험을 보았지만 낙방했다. 할 수 없이 5년을 채우고 졸업했는데 그때 집안 사정은 더 어려워져 있었다. 일고에 재도전을 할까 또는 상업학교에 진학하여 당장 집안을 도울까를 고민하던 중 동경 근교 우라와(浦和)에 새로 생긴 신흥명문 우라와고등학교에 장학생으로 선발되었다. 집안에 부담 없이 고등학교를 마치고 동경제대 문학부까지 진학할 수 있었다.

아버지에게 아주 후한 장학금을 주신 분은 해군장교 출신의 귀족, 마쓰오카(松岡) 씨였다. 그는 해군으로 전 세계를 누비며 일생 동안 민속학에 관심을 가졌다. 군에서 은퇴한 후 민속학자로 이름을 남겼다. 원래 집안에 재산이 많아 다른 좋은 일에 돈을 내놓았는데 특히 젊은 후학 양성에 관심이 많았다. 젊은 후학들에게 장학금을 주는 데에 그치지 않고 학생들을 자기 집에 초대하기도 했다. 젊은이들을 잘 대접하고 또 자기 서재를 개방하여 책을 많이 읽히면서 학문적인 분위기를 익히게 했다. 개인의 서재가 그렇게 크고 풍부한 자료를 갖출 수 있다는 것에 아버지도 놀랐다. 격식과 품위가 있는 생활이 어떤 것인지 배우게 된 것도 큰 소득이었다.

그분은 아버지가 집안 사정이 어려운 것을 알고 동경제대 법과를 가서 행정관료 쪽으로 나가기를 적극 권하셨다. 하지만 아버지는 식민지 조국에 돌아가서 말단관료가 되기보다는 더 어렵지만 학문의 길을 가기로 이미 마음을 굳혔다. 동경제대 문학부 사학과를 지원한 것은 비록 나라를 잃어버렸지만 정신적이나 학문적으로 우리나라를 붙들고 있으려는 마음 때문이었다. 한일고대사를 택한 것도 시대가 멀수록 비교적 객관적인 연구를 할 수 있을 것 같은 생각에서였던 것 같다.

그때도 고등실업자, 룸펜이 많았다. 어렵사리 최고의 대학을 졸업했지만 마땅히 갈 만한 직장이 없었다. 1년 이상 대학에서 지도교수의 조교생활을 하다가 가까스로 서울에서 잡은 직장이 조선왕실을 관리하는 이왕직(李王職)에 속한 장서각의 연구원직이었다. 애초에 일본에서 정착할 생각은 한 번도 해 보지 않았던 아버지는 20여 년의 동경생활을 끝내고 혼자 귀국했다.

아버지가 처음으로 경험한 조국에서의 생활은 기대했던 것보다 여러 가지로 어렵고 복잡했다. 무엇보다도 자신이 식민지 백성이라는 사실을 서울에 와서야 실감하게 된 것이다. 일본 학교에서 아버지는 실력으로만 평가받았다. 식민지 백성으로 차별대우를 받은 적이 거의 없었다. 그런데 식민지 현장의 생활은 그게 아니었다. 심지어는 동경제대에서 같이 공부하던 친한 친구들이 총독부관리로 와서 식민지를 다스리는 혹독한 관료 노릇을 지켜봐야만 했다. 아버지는 그게 괴로웠다. 동경에 비해 서울은 여러 면에서 많이 뒤떨어져 있었고 아버지의 경제적 여건도 그다지 좋지 않았다. 그런 상황에서 아버지가 우리 어머니를 만난 것은 천우신조라고 할 수 있다. 그것만으로도 아버지가 겪어야 했던 귀국 후의 어려움은 충분한 대가를 받았다고 할 수 있다.

우리 아버지 이홍직이 우리 어머니 서경남을 만나 결혼하게 된 것은 오랜 세월이 흐른 지금 생각해 보아도 잘된 일이다. 우리 6남매는 하느님께 마땅히 감사해야 한다. 아버지의 낙천적이고 긍정적인 성격과 착하기만 한 품성 때문에 자칫하면 우유부단할 수 있는데 그 중심을 잡아 준 것은 어머니의 명쾌한 결단력과 꿋꿋한 생활력이었다. 아버지가 장남으로서의 책임과 가장으로 역할을 다하며 학자의 길을 걸을 수 있었던 것은 어머니의 내조가 없이는 불가능했을 것이다.

우리 집안을
풍성하게 만든 두 여인

우리 어머니는 아버지에게 뿐만 아니라 두 작은아버지와 고모에게도 많은 공을 들이셨다. 아버지 바로 밑의 장성한 두 시동생은 20대에 폐결핵으로 돌아가셨다. 전도가 창창한 사회인으로 집안에 힘이 될 만한 때에 가 버린 것이다. 대가족 부양의 부담은 전적으로 우리 부모님의 어깨에 얹혀졌다. 작은아버지들은 장남인 아버지와 열다섯 살과 스물세 살 그 사이의 고모와도 열일곱 살의 나이 차이가 난다. 우리 부모님은 그분들께 형제라기보다는 부모 같은 위치에 있었다. 사실 동경에서 할아버지가 솔가해 귀국하셨을 때 막냇삼촌은 만 다섯 살의 어린아이였다. 우리 형제들과는 숙질의 관계라기보다 형제간처럼 내리 한집에서 자랐다.

우리 어머니가 시동생들의 부양까지 기꺼이 즐거운 마음으로 수행할 수는 없었을 것이다. 연년생으로 자신의 아이들이 태어났고, 2차대전 전후 경제적으로 모두 어려웠던 시대에 많은 식구를 부양하는 것은 자기희생이 없이는 불가능했을 테니까. 그래도 어머니의 투철한 책임감과 교육에 대한 확고한 신념 때문에 작은아버지 형제들도 최고의 교육을 받을 수 있었고, 결국 대학교수(李雄稙, 서울대학교 사범대학 생물학과 교수)와 광산엔지니어(李隆稙)로 그 분야에서 전문가로 활약했다. 우리 고모(李英蘭)도 당시에도 들어가기 어려운 경기고녀를 졸업한 재원으로 좋은 댁으로 출가했다. 어려운 시대에 집안이 합심하여 사람을 키운다는 것은 보람 있는 일이다. 어머니의 노년에 자식들도 곁에 많았지만 어머니가 기르신 세 시동생들도 어머니께 잘해 드린 것이 집안의 화목한 분위기에 큰 몫을 했다.

'집안이 잘 되려면 안사람이 잘 들어와야 한다'는 옛말이 있다. 대가족제도에서 새로 결혼해 들어온 새댁이 현명하게 상하좌우를 살피며, 자신의 본분을 잘 알아서 집안의 필요한 부분을 채울 능력이 있기를 기대하는 뜻에서 생긴 말일 것이다. 우리 집안에 두 세대에 걸쳐 들어온 두 여인, 광산 김씨 우리 할머니와 달성 서씨 우리 어머니는 그야말로 '잘 들어와 준 안사람'들이다.

순둥이 우리 할머니는 왕성한 생산력으로 삼대독자로 이어 오던 집안을 풍성하게 만들어 놓으셨다. 또순이 우리 엄마는 자신의 여섯 아이들은 물론 어린 시동생들을 기르고 공부시켜 훌륭한 사회인으로 만들어 집안을 번듯하게 세우셨다. 두 분의 공을 어떻게 말로 설명할 수 있을까. 지난 세기를 열심히 산 두 여인 덕에 우리 세대에 와서야 사촌관계가 생겨났고 우리 아이들 세대에는 육촌도 생겼다. 여러 개의 튼실한 가지를 뻗으면서 보기 좋게 커 가는 큰 나무처럼 잘 생긴 가계도를 그릴 수 있게 된 것이다. 할머니와 어머니께 새삼스럽게 고마운 마음이 사무친다.

어머니의 80대 후반 모습

174

아버지 환갑 때의 부모님

막냇삼촌 결혼 전의 대가족

우리 네 자매의 어린 시절

우리 6남매의 노년 모습

III
나와
우리 어머니

이승의 삶으로 사람들은 우리의 인생을 평가한다. 그렇다고 그 평가의 결과로 내세에 어떤 세상에 태어날까 가늠할 순 없다. 우리가 이승에서 알고 배운 법칙이 내세에서도 유효할지는 모르니까 말이다. 나는 그래도 내가 이 세상에서 누린 모든 은혜에 감사한다. 나는 내세에도 꼭 우리 어머니의 딸로 태어나고 싶다. 맏딸로 태어나도 좋다.

누구에게나
어머니가 있다

　이 세상의 모든 여성이 어머니는 아니다. 그러나 이 세상에 존재하는 모든 사람은 예외 없이 어머니가 있다. 생명체가 만들어질 때 생물학적으로 아버지와 어머니의 공헌은 동일하다. 하지만 태아는 어머니의 몸 안에서 시작된다. 태어나기 전 9여 개월 동안 어머니와 온전히 하나처럼 지낸다. 그래서 '어머니'라는 단어가 지닌 뜻과 감성은 자식들에게는 물론 누구에게나 보통명사가 될 수 없다.

　인류 역사를 짚어 보면 모계사회가 존재하기는 했지만 대부분의 인류 역사의 주체는 남자였다. 그러나 인간의 정신세계를 지배하는 신화나 주요 종교의 창시 역사에는 예외 없이 어머니가 있다. 이는 인간 출생에 반드시 필요한 아버지의 생물학적 역할보다 어머니의 육신을 종교의 절대자와 연결하는 매개로 설정해 놓았기 때문이 아닐까. 절대자의 생명 창조와 여성의 출산력이 비유되는 것도 이 때문이다. 역사적 기록으로 남아 있는 많은 영웅호걸이나 훌륭한 과학자나 예술가들의 전기에서 그들을 낳고 길러 낸 모성의 예는 끝이 없다.

'여자의 일생', '어머니의 일생'은 열심히 꾸미지 않아도 소설보다 더 진한 감동을 준다. 한 어머니가 여러 자식을 낳고 그 자식들과 각각의 얘기가 엮어지니까 어머니의 일생은 하나의 대하소설이 된다. 우리 어머니는 7남매를 출산하셨다. 초산이었던 우리 언니를 어려서 잃어서 내가 맏딸이 되었다. 6남매를 장성하도록 잘 키우셨으니 그만하면 자식농사는 성공이라 할 수 있다. 그 시대로는 많은 수가 아니었지만 줄줄이 거의 연년생으로 낳으셨다. 당시로는 흔치 않게 직장을 다니면서 매해 출산한 것은 상상하는 것보다 훨씬 어려웠을 것이다. 우리가 웬만큼 자라 철이 든 후에는 우리 부모님의 왕성한 생산력을 감탄하면서도 한참 좋은 시절의 10년 동안 어머니는 가벼운 몸으로 움직인 날이 없었다는 게 딱하고 미안한 생각이 들기도 했다.

네가
맏딸이잖아

우리가 자라던 시절에는 집집마다 식구들이 많았다. 아이들이 많고 대개 조부모와 한집에서 살았으니 열 식구가 넘는 집이 많았다. 우리 형제들에게는 어려서부터 가사 분담하는 게 당연한 일이었다. 부엌일, 빨래 등을 전담하는 아주머니가 상주했지만 많은 식구가 매일 생활을 유지하려면 해야 할 일이 어마어마했다. 어머니는 아이들 모두에게 나이에 맞는 일을 맡겼다. 각방의 청소, 밥상 준비, 빨래 정리하기 등. 초등학생이었던 남동생들도 부모님의 신발 닦기, 마당 쓸기 같은 일을 으레 해야 했다. 나는 맏이니까 어머니의 조수 노릇까지 했다. 혹시 동생들이 한 일이 별로일 때는 내가 다시 마무리를 했다. 일을 가장 많이 하게 되는 것이 억울했다. 어머니는 늘 "어쩌겠니? 네가 맏이잖아. 내가 집에만 있는 것도 아니니, 나 혼자 다 할 수는 없잖아. 나는 죽을래도 죽을 틈도 없다." 여기까지 말하면 어머니의 목소리가 달라졌다. 어머니도 나처럼 억울한 마음이 들었나 보다.

한국전쟁 중 우리 국민 모두가 겪은 어려움은 말할 것도 없다. 그래도 우리 가정은 인명 피해 없이 지난 것을 감사하게 생각했다. 전쟁이 나자마자 살림을 도와주던 아주머니는 시골집으로 가겠다고 나가 버렸다. 당시 초등학교 6학년생이었던 나는 그날의 난감함을 잊을 수가 없다. 어머니가 돌아오시기 전에 밥이라도 해 놓아야지 식구들이 굶지 않겠다 싶어 부엌으로 들어갔다. 처음엔 뭘 할지 몰라 부엌 안만 두리번거렸다. 할머니에게 물어 가며 이럭저럭 저녁 준비를 했다. 아무 생각도 없이 '맏딸이니까' 하면서. 어머니는 퇴근하셔서 칭찬 한마디 없으셨다. 내가 저녁 준비를 해 놓은 것을 당연하게 생각하신 것 같아 많이 약이 올랐다. "그래, 맏딸이니까 그래야지." 아마 또 속으로 그러셨을 것이다.

어머니가 나에게 '맏딸'이라는 고삐를 매 놓고 마음대로 휘

두르나 하는 생각이 드는 때도 있었다. 하지만 어머니의 고된 생활을 보면서 가여운 맘이 들어 나도 모르게 '그래, 맏딸이니까.'라는 말을 나도 속으로 하게 된 것 같다. 대놓고 시키지는 않았지만 어머니가 집안일을 하실 때 어머니 곁에 내가 있는 것이 당연했다. 음식을 하실 때는 파라도 다듬고 계란이라도 풀었다. 마요네즈 소스도 잘 만들었다. 바느질을 하실 때도 어머니 조수 역할을 했다. 언제 재봉틀을 배웠는지 기억도 안 난다. 어머니가 하시는 것을 보고 그냥 하다가 어느새 하게 된 것 같다.

우리나라 속담에 '도둑질과 서방질만 빼놓고는 다 배워라'라는 말이 있다. 어머니는 이 말을 그대로 입에 올리지는 않았지만 '사람으로 태어났으면 죽는 날까지 배우는 거야.' 라는 말은 늘 입에 달고 사셨다. 어머니의 일상 분위기가 그래서 우리 형제들은 보고 그냥 배우는 것이 자연스러웠다. 학교 가사시간에 재봉이나 자수를 배울 때도 너무 쉬워 배울 것도 없었다. 친구들 중에는 고등학생 나이까지 떨어진 단추도 달지 못하는 애들도 있었다. 나는 첫 시간에 전체 설명을 듣고 3, 4주일 걸려야 끝나는 과제도 다음 시간에 완성품으로 가져가곤 했다. 선생님은 내 손재주가 야무지고 눈썰미가 좋다고 칭찬하시고 시작도 못 하고 그냥 가져온 친구들을 좀 도와주라고 하셨다. 가사시간에는 항상 반을 돌아다니며 아이들과 놀았다.

어머니는 잠깐이라도 시간이 나면 책을 붙들고 계셨다. 그땐 책이 귀해서 매번 사서 보지 못하고 우리는 친구들끼리 돌려보았다. 만화가게나 소설책 대여점 심부름도 우리 몫이었다. 어머니가 읽으신 소설류는 나도 중학생 때 거의 다 읽었다. 어머니는 나이에 맞지 않는 소설을 우리가 읽는 것을 좋아하지 않으셨다. 어머니가 들어오시기 전에 후딱 읽을 만큼 읽고 도로 제자리에 돌려놓았다. 어머니는 알고도 아무 말씀 안 하셨다.

당시 소설이란 요즘과 달리 참 슴슴했다. 이광수의 『사랑』, 심훈의 『상록수』 같은 소설은 건전하기 이를 데 없었다. 김래성과 박경리도 비슷했다. 정비석의 『자유부인』 정도가 좀 색다른 기분을 느낄 수 있었을까. 어른들이 읽는 소설은 무조건 청소년 독서목록에 포함되지 않았다. 그때는 일간신문마다 매일 연재하는 소설이 최신 소설이었다. 아침마다 문간에서 신문을 집어 연재소설부터 후딱 읽고 어른들께 드렸다.

중·고등학생 때 소설을 많이 읽은 것은 어렸을 때 할머니의

'책 읽는 소녀'부터 시작되어 식구들이 책 읽는 것을 생활의 일부로 여겼기 때문이다. 책을 많이 읽는 친구들 중에 부모님이 아이들 독서에 관심이 없는 애들은 가끔 좀 '야한 소설'을 빌려 와서 돌려보았다. 당시 야한 소설이란 관능적인 묘사가 약간 있는 것들이었다. 방인근이라는 작가가 쓴 작품 중에 제목도 요상한 『마도의 향불』이라는 소설이 있었다. 친구들 중에 한 명이 그런 소설을 침을 꼴깍거리며 읽고 친한 애들에게도 빌려주었다. 자기만 읽으면 얘기할 재미도 없지만 선생님한테 들켜도 같이 야단을 맞으려는 속셈이었다.

하루는 친한 친구가 그 책을 들고 와서 아침 수업 전에 내게 슬쩍 보여 주면서 "오늘 내로 읽고 돌려줘." 하는 게 아닌가?

7교시까지 있는 날이니까 만만하고 순한 선생님 수업시간에 몰래 읽으면 되겠다 싶어 얼른 책을 받았다. 한 반 학생이 6, 70명이나 되었으니 교탁 앞에서부터 교실 뒷벽까지 책상이 빼곡했다. 수업 중 선생님이 교실을 돌아다니는 건 불가능했다. 나는 눈치껏 책상 위에 교과서를 펴놓고 책상 밑에 소설을 펴고 읽었다. 마침 나를 특별히 예뻐하는 선생님 시간이라 마음놓고 읽고 있었는데 그만 들키고 말았다. 책은 압수당하고 수업 끝날 때까지 교실 뒤에서 벌을 섰다.

나는 벌서는 것보다 친구 책을 빼앗긴 것이 더 걱정이었고 훈육실까지 가서 부모님 호출이라도 당할까 봐 머리가 복잡했다. 수업이 끝나고 나가시면서 선생님은 어이가 없다는 듯이 웃으시며 "너도 이런 책을 보니?" 하시며 책으로 머리를 가볍게 한 번 때리고는 책을 돌려주셨다. 나는 그 선생님이 존경스러웠다.

학교에서는 공부 잘하면 됐고 늘 반장이나 부반장 노릇하며 교무실을 들락거리니 선생님들도 다 알고 예뻐하셨다. 학교에서는 좀 잘못을 저질러도 문제가 될 일이 없다고 자신했다. 크게 교칙에 어긋나는 일을 해서 훈육주임이 부모를 호출할 만한 일은 없을 테니 겁도 없이 자유롭게 학교생활을 했다.

그때는 학교에서 단체로 영화관 가는 것을 제외하고 시내 영화관은 학생 출입금지였다. 외국영화를 상영하는 개봉극장이 몇 개 있었고, 지나간 영화를 받아서 상영하는 2류, 3류 영화관이 있었다. 개봉관은 비싸서 못 갔고 영화가 2, 3류 극장에 오기를 기다렸다. 구경이라면 사족을 못 쓰는 몇 명은 한강로에 있었던 성남극장 아니면 경운동에 있었던 문화극장에 자주 갔다. 군이 말하자면 성남극장은 2류였고 문화극장은 3

류였다. 이탈리아의 글래머 여배우, 지나 롤로브리지다가 주연인 「외인부대」라는 영화가 대유행인 적이 있었다. 그 영화가 우리가 시험이 끝나는 날 성남극장에서 상영했다. 비도 부슬부슬 내렸다. 우리에게는 영화를 볼 절호의 기회였다. 오전에 두 시간 시험이 끝나자마자 교복 위에 우비를 입고 극장으로 달려갔다.

무사히 입장했고 영화를 잘 보고 나오는데 영화관 출구가 좀 어수선했다. 나가 보니 작은 트럭이 후문 앞에 딱 붙어 서 있고 형사 같은 사람이 경찰봉을 휘두르며 나오는 학생들을 차에 태우고 있었다. 이번에는 제대로 걸렸구나, 덜컥 겁이 났다. 용산경찰서까지 가서 학교, 이름 등을 적고 반성문까지 쓰고 나서야 풀려났다. 경찰서까지 잡혀 온 것은 아무리 너그러운 훈육주임 선생님도 가만히 넘어갈 수 없을 것 같았다. 나오면서 우리는 '그깟 영화 하나 본 게 무슨 죄지? 형사들이라는 게 할 일도 되게 없나 봐.' 겁도 없이 지껄였지만 속으로는 쫄렸다.

나는 무슨 배짱인지 학교는 걱정되지 않았다. 오로지 학부모 호출이 걱정이었다. 며칠 동안은 학교에서 공범자들끼리 서로 눈도 안 마주쳤고 훈육실 앞을 피해 다녔다. 드디어 2, 3

일 후 훈육실에서 우리 5명을 호출하였다. 나는 반 친구들에게 아무 말도 안 했는데 입이 좀 가벼운 한 친구가 우리의 범죄사실을 누설하고 자랑삼아 영화 얘기를 해서 반 전체가 알게 되었고 다 같이 훈육실의 호출 결과를 기다리고 있었다.

우리는 모두 고개를 푹 숙이고 한 줄로 서서 들어가 선생님의 얼굴부터 살폈다. 살짝 눈을 들어 보니 선생님은 보통 때 같이 장난기가 섞인 웃음을 띠고 계셨다.

"너도 걸렸어? 영화는 재미있디?"

나를 보시고 물으셨다.

"네." 하고 대답하고 가만히 있었더니 옆의 친구도 마음이 놓인 듯 "아이고 이 지경이 되니 스토리도 다 잊어버리고 돈만 버린 것 같아요."라고 말하는 게 아닌가. 선생님은 어이가 없으신지 근엄한 표정을 지으셨다. "너희가 교칙을 어긴 것은 잘못인데 경찰서까지 잡혀가는 곤욕을 치렀으니 정신 좀 차리고 인생공부 했다치고 다음부터는 조심해." 그 정도의 훈육 말씀으로 무사히 끝났다. 아마 다른 학교 같았으면 정학처벌쯤 받았을 텐데. 우리 학교가 대한민국에서 제일 좋은 학교라며 급우들의 박수를 받고 교실로 돌아왔다.

내가 지금도 그 일을 소상하게 기억하는 것은 그 2, 3일 동안 고민하면서 나를 향한 어머니의 기대를 그 기회에 벗어나 볼까, 하고 모색하고 있었기 때문이다. 동생들과 같이 한 일도 어머니는 언제나 나만 더 야단치셨다. "네가 맏이잖아. 동생들의 본보기가 되어야지." 언제나 그 소리는 빼놓지 않으셨다. 연년생이라 이제 동생들도 다 고만고만 비슷하게 컸고 학교에서는 다 공부를 잘해서 우리 자매는 언제나 선생님들 사이에서도 칭찬을 많이 받았다. 나는 바로 다음 기회에 어머니께 대들었다. "어머니, 우리 인제 다 같이 커서 누가 누구 본보기 같은 거 안 통해요. 원래부터 그런 거 있지도 않았어요. 쟤들이 나보다 더 까진 것도 모르시면서…." 내 말에 어머니는 많이 놀라셨던 것 같다. 동생들은 "우리가 언니보다 더 까졌데." 하고 재미있다는 듯이 막 웃었다. 어쨌든 그때 이후 어머니는 내게 '맏딸'이나 '본보기' 같은 말을 조심하셨다. 그 때문일까, 우리 자매는 비교적 평등하게 자유를 누리며 살게 되었다.

나의
신앙고백

  우리 네 자매는 모두 개신교 선교단이 세운 여자고등학교를 다녔다. 교과과정에 성경이 필수과목으로 포함되어 있었고, 매주 한 번은 예배를 보았다. 친구들 가족 대부분은 기독교 신자였다. 학교 행사 때 보는 예배에 친구 부모님들이 열심히 참석하는 것이 나는 부러웠다. 초등학생 때는 친구 따라 동네 교회를 열심히 다녔지만 어머니는 별로 관심이 없으셨다. 그저 일요일에 아이들은 집에서 법석을 떠는 것보다 교회에라도 가서 뭐라도 배우고 어머니는 조용한 집에서 쉬시는 게 좋으신 듯했다.

"왜 우리 집 어른들은 교회를 안 가요?"

중학생 땐가 어머니께 정색을 하고 물었다. 어머니는 나를 물끄러미 보시더니 의외의 말씀을 하셨다.

"내가 교회 갈 시간이 어디 있니? 그리고 종교란 마음속에서 신앙심이 시작되어 자라야 되는 거란다. 너희는 아직 몰라. 하느님이 계시다면 착한 마음으로 올바로 살면 받아 주시겠지. 교회의 법이나 예배 예절은 다 사람들이 만든 거란다. 너도 더 자라면 알 수도 있어."

나도 어머니처럼 신앙심이 싹트지 않을 수도 있겠다는 생각이 그때 들었다. 어머니는 착한 분이셨다기보다 똑똑해서 시비지심(是非之心)이 확실한 정의로운 사람이었다. 그 후 나는 집안에서는 신앙심이나 종교 얘기는 별로 안 했다.

고등학교 때 친구 중에는 어머니가 교회일을 하셨고 자기는 모태신앙이라며 자랑하는 애가 있었다. 공부는 별로인데 기도를 하기 시작하면 청산유수로 무아지경에 빠진 것처럼 했다. 반에서도 종교부장을 계속했다. 나는 신기해서 그 친구에게 실제로 하느님의 존재를 느끼냐고 물은 적이 있다. "당연하지. 우리 식구는 다 그래. 내가 기도를 시작하면 이끌고 끝내 주시는 것은 하느님이셔." 그 친구는 당당하게 대답했다. 그때는 이렇게 대답하는 친구가 부럽기도 했다. 부모로부터 두뇌나 생김새를 타고나는 것처럼 신앙심도 부모로부터 물려받나, 하는 생각에 약간의 절망감마저 들었다.

그렇게 알량한 신앙심을 가진 내가 숙명처럼 독실한 천주교 집안의 막내아들과 결혼하게 되었다. 우리 시어머니는 그때까지 내가 만난 분 중 가장 착하고 명석한 분이셨다. 지금까지도 그 생각은 변함없다. 남편도 어머니의 성정을 많이 닮았다. 최고의 교육을 받았을 뿐만 아니라 인품도 훌륭해서 결혼조건으로 나무랄 데가 없었다. 그러나 인명이 재천이라는 말로 단념하기에는 믿기지 않을 나이에 남편이 고위 공직자로 순국하게 된 것은 운명이라고 할 수밖에 없었다. 두 아들과 시어머니를 남기고 떠난 그가 어떻게 주님의 평화 안에 머물 수가 있을까? 나는 내 팔자를 탓하기보다 그 착하신 시어머니에게 이런 시련을 주신 하느님의 속셈을 도저히 알 수 없었다. 시어머니는 이미 한국전쟁 때 남편과 장성한 두 아들을 잃으신 터였다. 나는 그때 차분히 방구석에 앉으셔서 계속 묵주신공을 올리고 계신 시어머니를 쳐다보기도 어려웠다.

내가 보기에는 남편도 타고난 절대적 신앙심이 있는 것 같지는 않았다. 혼배미사로 결혼식을 올려야 했으니 결혼 전에 나도 영세를 받고 천주교에 발을 들여놓았다. 그것으로 남편은 만족했다. 우리 내외는 어쩌다 주일에 어머니 모시고 성당에 가는 것이 다였다. 남편은 일 때문에 워낙 바빴기 때문에 진지한 신앙생활에 크게 신경을 못 썼다. 얼마 지나지 않아 유학을 떠났고 바쁘고 힘든 유학생활 중에는 주일미사도 못 갔다. 자연히 일상생활에 신앙이 포함되지 못했다. 남편과 결혼하면서 천주교 가정의 식구가 되면 자연스럽게 내 신앙심도 발전할 거라고 기대했었는데 그건 그저 기대일 뿐이었다. 우리 어머니가 신앙을 가지지 않았기 때문에 나도 신앙심을 타고나길 바라지 않았다. 돈독한 신앙으로 꽉 찬 시어머니 아래서 자란 남편도 신앙심은 나와 크게 다르지 않은 걸 보면 신앙심이란 타고나는 것이 아니라 개인마다 받는 신의 은총이 따로 있다는 말이 맞는 듯하다. 나는 오랫동안 성당에서 말하는 '냉담자'로 살았다.

우리의 피난처,
우리 어머니

어느덧 어머니가 떠나신 지 20여 년이 지났다. 이제 나도 80대 중반에 들어섰다. 요즘 들어 어머니의 노년생활이 많이 생각나는 것은 내 체력이 약해졌기 때문이리라. 타인에 대한 이해는 자기 경험의 한계 안에서만 가능한 것인가? 왜 그때는 몰랐을까? 가끔 어머니의 삶과 내 삶을 가상의 종이 한 장씩에 그려 보고 비교해 보는 때가 있다.

우리나라에서 어느 세대도 자신이 산 시대가 태평성대였다고 말할 수 있는 사람은 없을 것이다. 그런데 내가 그려 본 두 장의 그림에서 확실히 어머니의 일생이 더 파란만장한 그림으로 나온다. 어머니는 어른이 되어 가족을 책임져야 할 나이에 2차세계대전과 한국전쟁을 치렀다. 나도 한국전쟁을 겪기는 했다. 좀 무서운 때도 있었지만 어린 나이라 가족의 안위나 식량부족 같은 걸 걱정하진 않았다. 우리 부모는 그때에도 10명의 식구를 부양해야 했다. 우리는 배가 좀 고팠지만 못 견디게 어려웠다는 기억은 없다. 1.4후퇴 때 경기도에 있는 선산의 묘막까지 걸어서 갔고 아버지는 우리를 데려다만 주시고 혼자 부산까지 가셨다.

어머니는 우리를 데리고 극성스럽게 시골생활을 하셨다. 산에 가서 땔감도 모아 오고 날씨가 좀 풀리자마자 언 땅에서 나물도 캤다. 우리는 시골의 봄을 경이롭게 느끼며 열심히 나물을 골라 캐고 있었는데 어머니가 부르셨다. "얘들아, 여기 꽃 좀 봐." 아늑한 골짜기에 개나리와 진달래가 어울려 피어 있었다. 어머니는 기분이 좋으신 듯 "봄이 오면 산에 들에 진달래 피네." 고운 목소리로 노래를 했다. 우리는 노래를 따라 부르지 못하고 서로만 쳐다보았다. 어머니의 후줄근한 옷차림이나 손질이라고는 안 된 헝크러진 머리가 봄노래와 너무 안 어울렸기 때문이다.

옆 동네는 한산 이씨 집성촌으로 잘사는 동네였다. 어머니는 서울 떠날 때 챙겨 오신 몇 벌 안 되는 비단옷을 친척집에 가지고 가서서 쌀로 바꿔 오셨다. 전쟁 중이었지만 시골 인심은 그래도 후했다. 일가친척이라고 된장, 간장, 묵은지 같은 것도 나누어 줬다. 물론 나는 어머니와 같이 가서 짐을 나누어 이고 왔다. 그때 어머니는 어떻게 우리를 먹여 살렸나. 아무리 생각해도 답이 안 나온다.

부산에 가신 아버지가 (전쟁 중에 새로 생긴 기관인지 잘 기억은 안 나지만) 해군전사편찬위원회(海軍戰史編纂委員會)라는 곳에 취직을 하셔서 생활비를 얼마씩 보내 주신 후 어머니는 식구들 생계 걱정을 한시름 놓게 되셨다. 아이들인 우리들에겐 그런대로 시골생활이 신기하고 재미있었다.

우리의 시골살이 1년여 만에 아버지가 가족을 데리러 오셨다. 아버지가 드디어 부산에 어렵게 방을 얻은 것이다. 임시수도였던 부산은 그 당시 세계에서 가장 인구밀도가 높은 도시 중 하나였다. 부산 시내에는 방 한 칸 얻기도 어려워 아버지는 부산 시외 하단이라는 곳에서 가까운 '괴정(槐亭)'이라는 동네에 방 두 칸을 얻었고, 그곳에서 여덟 식구가 살았다. 나는 그해 중학생이 되었는데 학교는 영도 산비탈에 지은 판잣

집 교사였다. 책상도 없이 긴 의자에 여러 명이 무릎에 책가방을 놓고 공부했다. 문제는 통학이었다. 버스를 갈아타야 했는데 연결도 잘 안 되고 버스값도 많이 들었다. 보통 한 구간을 걸어다녔지만 중학생이 된 것이 나는 기뻤다.

어느 날, 어쩌다 일찍 집에 갔다. 어머니가 안 계셨다. 주인집 아주머니가 일러 주시는 대로 집에서 좀 떨어진 곳의 시금치 밭으로 뛰어갔다. 겨울이었지만 밭에는 파랗게 푸성귀가 자라고 있었다. 아주머니들이 여럿이서 시금치를 캐고 계셨는데 모두 똑같이 몸뻬 작업복에 머리에는 수건을 쓰고 있었다. 두리번거리다가 나는 깜짝 놀랐다. 그중 어머니가 있었기 때문이다. 나는 가까이 가서 어머니를 불렀다. 어머니는 태연하게 "너 왔니? 너도 같이 시금치 캐자. 좀 있으면 새참도 나오니까 같이 먹어. 배고프지? 이것 별일도 아니야 너도 실컷 할 수 있어." 이렇게 말씀하시는 게 아닌가.

나는 기가 막혔지만 어머니가 맨손으로 흙일을 하시는데 도망갈 수 없었다. 정말 별일은 아니었지만 잠시 후 다리가 저려왔다. 내가 섰다 앉았다 하니 어머니는 "처음이라 그래." 하시면서 처음으로 웃는 얼굴을 보이셨다. 나는 시키는 대로 어머니가 캐어 놓으신 시금치의 흙을 털고 시든 잎을 떼어 다듬은 다음 깨끗하게 한 단씩 묶었다. 과연 좀 있으니 밭주인 아주머니가 새참을 나누어 주셨다.

그때는 먹을 것이 흔치 않은 때였다. 새참은 막걸리로 부풀린 밀가루 반죽에 검정콩을 듬성듬성 넣고 사카린으로 약간 단맛을 낸 술떡이었다. 모두 배가 고프니 맛있게 먹었다. 주인 아주머니가 우리 앞에 오더니 "아이구, 딸내미가 엄마 도우러 왔네, 착하기도 하지, 공부도 잘한다고 엄마가 칭찬하셔." 하시며 나에게 제일 큰 덩어리의 떡을 주셨다. 나는 떡을 먹으면서도 어머니가 아주머니들한테 우리 식구 얘기를 한 것이 싫어서 내내 꽁하고 있었다.

일이 끝나고 모두 일당을 받았다. 다들 돌아가는데 주인 아주머니가 '성규 엄마' 하고 어머니를 불렀다. 어머니에게도 일당을 챙겨 주었다. 어머니가 환한 얼굴로 아주머니가 주신 걸 받아 주머니에 넣으셨다. '서경남 선생님'으로 불리는 것이 당연했는데 여기서는 '성규 엄마'로 불리다니! 그 호칭이 내겐 낯설었다. 어머니는 아무렇지도 않게 작업한 밭에서 나온 시금치 겉대를 자루에 담았다. 꼭꼭 눌러 담은 시금치 잎새자루를 단단히 묶고 성취감이 가득한 표정으로 "인제 가자." 하시며 자루를 머리에 이었다. 나는 깜짝 놀라 얼른 어머니 머리에 얹힌 자루를 내가 이었다. 꽤 무거웠지만 내가 이고 갈 수 있을 만한 무게였다. 괜찮겠느냐고 어머니가 물었다. 나는 어머니를 쳐다보지도 않고 "어머니는 아침부터 일했잖아요." 하고 퉁명스럽게 말했지만 속이 상해서 눈물을 찔끔거렸다.

"어머니, 이런 일 안 하면 안 돼요?"

나는 울음 섞인 목소리로 물었다. 어머니는 좀 의외라고 생각하셨는지 일부러 차분한 목소리로 대답하셨다.

"너, 엄마가 이런 일 하는 게 창피하니? 사람이 건강한 팔다리를 움직여서 일해 가족을 먹여 살리는 것은 참 떳떳한 일이란다. 너도 이제 알아들을 나이잖아. 게으르게 놀면서 입에 밥이 들어가기를 바라는 게 바로 도둑심보야. 너희들 학교 가고 나면 나는 나가서 동네 아주머니들도 사귀고 반찬값이라도 벌고 또 반찬거리도 얻어 오면 좋잖아. 자, 얼굴 펴!"

나는 내가 느꼈던 창피함이 미안했다. 그래도 어머니가 가엾어서 마음은 언짢았다. 집에 와서도 어머니는 걸터앉아 쉴 틈도 없이 저녁준비를 하셨다. 그 겨울, 우리 식구는 참 많은 시금치를 먹었다.

그날 밤 나는 금세 잠들지 못하고 뒤척였다. '그래, 어머니는 참 떳떳하게 사는 분이니까.' 만약에 우리 식구가 사막에 고립되어도 어머니가 모래를 파헤치고 거기 사는 파충류라도 잡아 우리들을 굶기진 않을 거라는 상상까지 했다. 우리 어머니가 장하게 느껴져서 마음이 편해졌다.

어른들에게는 피난살림이 어려웠겠지만 우리는 집에서 걸어갈 수 있는 감천해수욕장이 있어서 신났다. 방학 때는 매일 해수욕장에서 놀았다. 지금은 감천에 원자력발전소가 생겨 옛날과 많이 달라졌지만 그때는 아주 조용한 어촌이었다. 배가 들어오는 날에는 어머니의 심부름으로 싱싱한 생선을 줄에 꿰어 들고 오기도 했다. 부모님의 보호막 덕분에 피난생활에서도 우리들은 나름 재미있게 지냈다.

서울로 환도했을 때 나는 중학교 3학년이었다. 그다음 해부터 우리 형제들은 줄줄이 고등학생, 그리고 줄줄이 대학생이 되었다. 다행히 우리는 좋은 대학에 별 문제 없이 들어갔다. 그래도 등록금은 우리 부모님의 등이 휠 정도였을 것이다.

어머니는 다시 교편을 잡고 아버지는 대학의 사학과 교수로 자리를 잡으셨다. 두 분이 열심히 일해서 우리를 공부시켰고 검소한 생활 신조는 특별히 강조하지 않아도 우리는 이해하고 따랐다. 교복도 내려 입고 교과서나 참고서 등도 될 수 있는 대로 내려 받아 썼다. 막냇동생은 새 옷을 거의 못 입어 보았지만 불평이라고는 없었다. 결혼도 그랬다. 내가 대학 졸업한 이듬해에 결혼을 했고 그때부터 또 줄줄이 네 자매가 해마다 출가했다. 막내 여동생이 결혼하자 아버지는 만족스러워 하시며 대문에다 '딸 매진'이라는 팻말을 붙혀야겠다며 웃으셨다.

평화로운
어머니의 말년

아버지는 60대 초반에 췌장암으로 돌아가셨다. 당시로서
도 이른 나이셨다. 6남매 중 넷은 미국에 유학 중이었고 서울
에는 셋째 딸과 제대하고 복학을 기다리고 있던 막내아들밖
에 없었다. 그때는 미국이 멀고 먼 나라였다. 유학생들은 공
부가 다 끝나야 귀국했다. 부모의 상을 당해도 임시 귀국은
상상도 못 하던 시대였다. 그만큼 여비가 비쌌다. 어머니는
아버지가 돌아가시고 30여 년을 더 사시고 90대 초반에 돌아
가셨다. 워낙 활동적인 성격과 타고나신 건강으로 자식들 걱
정시킬 일이라고는 별로 없으셨다. 다만 중년 때부터 치아가

좋지 않아 고생하셨고 이른 나이에 틀니를 하셔야 했다.

생각해 보면 우리 어머니 세대의 공통적인 시대병이라고 할 수 있다. 많은 자녀를 출산하셨던 시기가 태평양전쟁이 끝나 가던 때였다. 끼니도 어려운 때였으니 임산부들이라고 무슨 보양식을 특별히 먹을 수 없었을 것이다. 틀니가 불편해서 음식을 드실 때마다 틀니를 끼웠다 뺐다 하셨다. 과일 같은 것도 얇게 저며 드셨다. 돌아가신 다음에 이런 어머니의 모습이 눈에 선하게 떠올라 가슴이 아팠다. 그래도 평화로운 어머니의 말년은 끝까지 모시고 산 막내아들 내외의 지극한 효성 덕이다. 우리 모두를 기르신 수고를 그들의 효성으로 일부나마 보상받으신 것이다.

80대까지도 어머니는 혼자서 대중교통을 이용하셨다. 걸음도 가볍고 빨라 멀리서 보면 노인 같지 않았다. 하루는 내가 반포에 볼 일이 있어 갔는데 마침 그 동네 사는 친구를 길에서 우연히 만났다. 친구는 어머니를 모시고 왔는지 나에게 물었다. 내가 아니라고 대답했더니 친구는 이런 얘길 들려줬다.

"너희 어머니 오늘 친구들 모임이 있으신가 봐. 내가 일식집에서 뵈었는데 멋쟁이 할머니 네댓 분이 방에서 깔깔거리며 즐거워하시더라. 맥주까지 시켜 건배하시고 그 계집애 어쩌구 하면서 애들같이 이름을 부르시면서 말씀하시더라. 아마 어릴 때 친구들이신가 봐. 할머니들이 아주 근사해 보이더라."

나는 일을 마치고 어머니 얼굴이라도 뵙고 가려고 친구가 말한 일식집에 들렀다. 과연 어머니가 친구들과 함께 계셨다. 나도 다 아는 어머니 숙명고녀 동창들이셨다.

"어머니한테서 자네들 얘기 다 들었어. 엄마한테 그렇게 잘들 한다고 자랑을 많이 하시네."

나는 속으로 '또 우리 어머니가 친구들한테 우리 형제들 얘기를 하셨구나.' 생각했다.

"뵌 김에 식사는 제가 대접할게요." 내가 어머니께 말씀드렸더니 다들 손을 내두르셨다.

"아냐, 우리 다 회원제니까 그러지 말어. 고맙기는 하지만."

그러자 어머니는 더 강하게 "이렇게 우연히 만나는 게 쉬운 일이 아니지. 우리가 이제는 많이 못 먹어서 별로 큰돈도 필요없을 거야. 네가 내면 좋지. 애들아, 오늘은 좀 비싼 것 더 먹자." 하시며 아주 즐거워하셨다. 그날 저녁 어머니는 전화로 다시 한 번 낮에 친구들이 부러워해서 기분이 퍽이나 좋으셨다고 고마워하셨다. 그 연세에도 어렸을 때 친구들과 모이는 것이 제일 즐거우신 듯했다. 그런데 나도 요새 옛날 친구들과의 모임이 제일 즐겁다.

그때는 나도 바빠서 어머니가 어떤 사교생활을 하시는지 자세히 몰랐다. 그저 건강하게 혼자 잘 다니시는 것만이 감사했는데 우연히 만나 점심 한 끼 대접한 것을 그렇게도 좋아하시다니. 나는 좀 더 어머니께 신경 쓰지 못한 것을 잠시 미안해 하고는 또 잊고 살았다.

어머니는 서울에 사는 세 딸네 집도 자주 들르셨다. 그 연세에도 우리 집에 오실 때는 나물 한 단이라도 들고 오셨다. "애, 우리 동네 시장에서는 이게 여기 슈퍼보다 훨씬 싸더라. 단도 실하고 따져 보니 반값도 안 되는 것 같애." 나는 질색을 하고 "어머니, 제발 이런 거 이제는 들고 다니지 마세요. 혼자 다니시는 것도 걱정되는데. 이제 우리 식구도 많지 않고 다들 나물값 아끼고 살지 않아도 돼요." 나도 어머니를 닮았는지, 아이들에게 잔소리를 많이 하게 되는 것을 느끼는데 어머니에게까지 잔소리를 하는 게 싫었다. 그래도 다음에 오실 때면 또 뭔가 시장에서 싸다고 사서 들고 오시는데 할 말이 없었다.

"검약은 언제 어디서나 덕이잖니? 구두쇠가 악인 거지."

어머니가 변명하듯 말씀하시는 게 미안했다. 내가 포기하고 그저 "감사합니다. 잘 먹을게요." 하는 편이 훨씬 어머니를 기쁘게 해 드렸을 텐데. 어머니의 철저한 검약정신이 우리를 잘 키운 것을 인정하면서도 태생이란 고치기 어려운 거로구나, 하는 생각만 들었다.

다시 태어나도
어머니의 자식으로

아직까지는 내세를 경험했다고 과학적으로 인정받은 사람은 없다. 그러나 모든 종교에서는 내세를 말한다. 특히 노년에 들어서면 내세를 믿지 않고 한 번도 생각해 보지 않는 사람도 내세를 생각하게 된다. 나도 은퇴 후 '냉담자'라는 게 마음 쓰였다. '나도 열심히 노력해 보자. 이왕에 몸을 담았으니 욕심부리지 말고 우선 교회에서 주는 의무부터 빼놓지 않고 해 보자. 하느님께서 보아주시라는 마음은 버리고 내 자신에게 잘 보이기 위해서라도 해 보자. 오래 노력하다 보면 조금씩이라도 달라지겠지.'라고 신앙에 대한 다짐을 했다. 신앙에 대해 고민하면서 어머니 생각을 안 할 수가 없었다. 종교를 제외하고는 일생을 일관되게 노력하시며 산 어머니의 생활태도를 닮아야 하지 않을까 생각했다. 나는 어쩔 수 없는 어머니의 딸이니까.

나도 내세에 대한 확신은 없다. 우리가 살면서 전생에 대한 말을 많이 하지만 구체적으로 전생에 대해 확실히 기억하는 것이 없으니 전생이 없다는 말과 같은 의미가 아닐까?

이승의 삶으로 사람들은 우리의 인생을 평가한다. 그렇다고 그 평가의 결과로 내세에 어떤 세상에 태어날까 가늠할 순 없다. 우리가 이승에서 알고 배운 법칙이 내세에서도 유효할지는 모르니까 말이다. 나는 그래도 내가 이 세상에서 누린 모든 은혜에 감사한다.

나는 내세에도 꼭 우리 어머니의 딸로 태어나고 싶다. 만딸로 태어나도 좋다. 또 우리 형제들, 얼마나 귀한 길동무들인가. 연년생 자매들이 어려서는 티격태격 많이도 싸웠지만 알콩달콩 소꿉장난이나 재미있는 인형놀이도 얼마나 많이 했나. 어른이 되어서는 같은 생각을 가진 사회인으로 믿고 도우면서 친하게 살 수 있는 것이 얼마나 소중한가. 극성스러운 4명의 누나 밑에서 그 많은 참견과 잔소리를 이겨 내고 굳건히 자란 두 남동생들도 고맙다.

큰 욕심이 아니라면 우리 6남매가 이 세상에서처럼 내세에서도 우리 부모의 자식들로 태어나기를 기도한다. 내세의 평화로운 무대에서 우리 부모들이 좀 고생을 덜 하셨으면 하는 바람 정도는 하느님도 들어주시리라고 믿는다.

어머니, 우리 어머니

1판 1쇄 인쇄 2025년 4월 24일
1판 1쇄 발행 2025년 5월 8일

—

지은이 이순자

—

펴낸이 김은중
편집 허선영 디자인 김순수
펴낸곳 라이프북스
출판 등록 2020년 11월 17일 제 2020-000316호
주소 경기도 부천시 소향로 25, 511호 (우편번호 14544)
전화 070-4242-5011 팩스 02-6008-5011 전자우편 gbbbooks@naver.com
네이버블로그 gbbbooks 인스타그램 gbbbooks 페이스북 gbbbooks

—

ISBN 979-11-92156-43-9 03810

* 책값은 뒤표지에 있습니다.
* 이 책의 내용을 사용하려면 반드시 저작권자와 출판사의 동의를 얻어야 합니다.
* 잘못된 책은 구입처에서 바꿔 드립니다.

라이프북스는 가위바위보 출판사의 에세이 분야 브랜드입니다.
한 사람의 이야기가 모두의 이야기가 되는 책을 만듭니다.